COLLECTION SÉRIE NOIRE
créée par Marcel Duhamel

Nouveautés du mois

PIERRE SINIAC

La Nuit
du flingueur

(La nuit des Auverpins)

1969

GALLIMARD

PROLOGUE

L'histoire de Féli

Août 44 à février 68

Le hauptsturmführer S.S. Stoll posa une botte conquérante sur la caisse d'acier.

Les quatre boîtes métalliques contenaient pour environ un milliard de francs d'or en barres.

Le S.S. alluma un cigare et observa du coin de l'œil les deux caporaux qui étaient à côté de lui. Il y avait Demeitter, un Berlinois qui ne pensait qu'à la rigolade et, au volant, Schrappein, un gros Bavarois.

Le camion montait vers le nord, en direction des Alpilles et de la montagne de Lure, fuyait la côte de Provence où les Français et les Anglo-Américains venaient de débarquer.

Tout en regardant le paysage aride écrasé de soleil, Stoll se félicitait d'avoir agi avec célérité. Sentant que, pour le grand Reich allemand, c'était presque cuit, il avait monté à Imperia, en Italie, cette opération un peu spéciale : le pillage d'une banque. En pleine débâcle, le coup s'était déroulé on ne peut plus facilement. Les quatre caisses de barres d'or dans un camion de l'armée allemande, un soldat au volant, un autre, doué pour la mécanique, en réserve en cas de pépins dans le moteur, et en route pour la France.

Ils avaient passé la frontière au-dessus de Sospel, évité la Provence qui sentait le roussi, et fonçaient sur Digne par les routes en lacets des Alpilles.

La chaleur était étouffante et les trois Allemands s'étaient mis torse nu; heureusement pour eux, il y avait des réserves de bière dans le camion.

Jamais Stoll ne s'était senti si victorieux, même en 40, dans les Ardennes, avec Guderian, même aux premiers jours de la campagne de Russie. Il se surprit à siffloter le *Horst Wessel*. Qu'allait-on chanter et siffler une fois que le Führer ne serait plus là? Stoll s'en moquait totalement. Il serait loin de l'Allemagne. Il allait cacher son trésor en Forêt Noire, dans un château qu'il connaissait bien puisque c'était celui de sa mère. Puis, après une attente qu'il souhaitait la plus courte possible, il négocierait les barres d'or et, fortune « kolossale » faite, irait voir si la vie valait la peine d'être vécue du côté de la Cordillère des Andes.

Telles étaient à peu près les pensées du soldat-pillard Dieter Stoll en cette chaude journée d'août 1944.

Pour éviter les embêtements — la feldgendarmerie bouclait tous les ponts du Rhin, les cols d'Alsace étaient fermés, et les Franco-Américains marchaient sur Paris — pour ne pas être inquiété, Stoll avait décidé de faire passer le camion par le Jura suisse. Le S.S. connaissait là-bas une petite route isolée, tranquille et sans danger.

Une fois à Hörthsheim (Forêt Noire), Stoll donnerait leur part à ses deux compagnons. Il avait bien pensé les supprimer à l'arrivée, mais les deux *truthahn* se méfiaient. La distribution faite, Stoll s'organiserait. Une bonne planque jusqu'à la fin de la guerre qu'il estimait très proche, puis il procéderait à l'administration rationnelle de sa fortune.

Un milliard. Pour Stoll, le conflit mondial finissait bien. La victoire — sa petite victoire à lui — il était certain de l'obtenir. Sa participation au nazisme ne lui aurait pas été inutile.

*
* *

Le camion traversa les Alpilles puis, le gros Schrappein s'étant fourvoyé dans son itinéraire, les Allemands se trouvèrent coincés dans la région d'Apt.

— Il fallait suivre la Durance! hurla le hauptsturmführer.

Le gros Schrappein n'aimait pas du tout qu'on lui crie comme cela dans les oreilles, surtout qu'il ne se considérait plus comme sous l'uniforme. Il protesta et se mit à brailler plus fort que le S.S. Le ton monta très vite, et les deux déserteurs en vinrent aux mains. Ils sautèrent à bas du camion et se colletèrent sur la route poudreuse et brûlante, au bord d'un gouffre.

En attendant la fin de la bagarre, le soldat Demeitter prit son harmonica et joua un air. Il entendit un coup de feu, cessa de souffler dans l'instrument et regarda la route éclatante de soleil. Il constata aussitôt, pas tellement surpris, que Stoll, qui n'y allait jamais par quatre chemins, venait de tuer le Bavarois en lui tirant une balle en pleine poitrine. Le S.S. prit le corps du caporal et le balança dans le ravin. Demeitter fut obligé de se mettre au volant.

— Tu auras ta part, promit le S.S. Ce sagouin n'a eu que ce qu'il méritait.

Mais les choses se compliquèrent lorsque les deux hommes se rendirent compte que seul le gros, malgré ses erreurs d'orientation, connaissait à peu près la région. Il avait été en occupation dans le secteur pendant quinze mois, alors que le S.S. et Demeitter n'avaient effectué que de très brefs séjours dans le sud-est de la France.

Ils s'égarèrent si bien que, à la tombée de la nuit, un peu paniqués (A ce train-là, les Alliés n'allaient pas tarder à les rattraper.), ils envisagèrent l'aide d'un guide.

Ils trouvèrent l'homme dont ils avaient besoin au lieu-dit Fortunade, en pleine montagne du Lubéron.

En se gardant bien de terroriser quiconque, le S.S. entra dans une ferme et se présenta comme un soldat allemand dégoûté de la guerre et perdu dans la montagne, sans cartes et sans boussole. (Ce qui était exact.) Il déclara être à la recherche d'un guide connaissant bien la région et pouvant le mettre sur le chemin de la Suisse. Bien entendu, le volontaire serait récompensé.

Le S.S. se buta à une demi-douzaine de visages fermés; les gens du coin n'avaient pas du tout envie de donner un coup de main à des Allemands perdus dans la nature. Stoll allait se retirer quand Félicien, le plus jeune des trois frères Pogolelli, offrit ses services. Les paysans présents pensèrent que le jeune homme devait avoir une idée derrière la tête.

« Il va guider les Boches vers un maquis », se dit une vieille femme.

« Ce petit chenapan essaie de gagner un peu d'argent avec les Fritz! » ricana intérieurement Maria, une fille au visage ingrat. « Ça ne m'étonne guère de lui. Cette soif d'argent!... La même chose que ses deux frères! »

Dans la région, Féli Pogolelli n'était pas des mieux considérés. Sa réputation de paresseux, de traîne-savate était bien établie. Il avait évité de faire partie d'un maquis et, à dix-huit ans, repoussait le travail comme un outrage à sa petite personne et rêvait de monter à Lyon rejoindre ses frères aînés qui, établis là-bas, vivaient de combines louches mais lucratives.

Féli Pogolelli renifla-t-il une bonne aubaine? Il affirma connaître la contrée comme sa poche et consentit à accompagner les Allemands. Il grimpa dans le camion, aux côtés de Demeitter et du S.S. Stoll se méfia tout de suite du jeune homme et, quand il l'entendit demander ce qu'il y avait dans les caisses d'acier, il redoubla de vigilance.

— Des papiers sans importance, dit le S.S.

Ils roulaient sur le plateau de Vaucluse, en direction de Sault, sous un magnifique ciel étoilé, lorsque le S.S. demanda un arrêt.

Pendant que Stoll était en train d'uriner à quelques mètres du camion, Demeitter révéla au jeune homme le véritable contenu des caisses. Féli savait fort bien ce qu'étaient des barres d'or pour en avoir entendu parler par Emile et Gusti, ses deux frères. Mais il ne crut pas un mot de ce que lui dit le Germain.

11

Stoll revint et le camion repartit. Malgré son scepticisme, Féli se mit à penser à ce que venait de lui révéler Demeitter.

« Et si le Chleuh disait vrai? pensa-t-il. Après tout, c'est plutôt bizarre ces deux Allemands en camion qui se caltent vers la Suisse. Et la méfiance du S.S., qui me lorgne continuellement et ne lâche pas son P.M. ... »

Féli finit par se demander s'il n'y avait pas du vrai dans cette histoire de barres d'or, et il décida de voir cela de près.

Quelques kilomètres plus loin, ce fut au tour du chauffeur d'aller uriner. Féli en profita et s'éloigna du camion en compagnie de Demeitter, tandis que le S.S. leur criait de se dépêcher.

Face à un rocher, côte-à-côte, Demeitter et Féli échangèrent quelques paroles à voix basse. Le Berlinois, qui s'exprimait assez bien en français, expliqua brièvement à Pogolelli que l'or avait été volé à Imperia. Pour lui, si le S.S. disparaissait, ils pourraient partager tous deux le butin. Demeitter précisa qu'il haïssait le hauptsturmführer.

Ils remontèrent dans le camion.

« Partager? Zéro! se dit Féli alors qu'ils roulaient. S'il y a vraiment de l'or... »

Il guida le conducteur vers le bois de Bourrade où se tenait un maquis. Féli connaissait parfaitement cet endroit, idéal pour y tendre une embuscade.

« Avec un peu de chance... », pensa-t-il.

Le jeune homme se doutait bien que, en reconnaissant un véhicule de l'armée allemande, les maquisards ouvriraient le feu.

Féli, qui savait où se cachaient exactement les hommes du maquis, se baissa trois secondes d'avance, puis les coups de feu éclatèrent. Pris sous les rafales des Sten, Demeitter et le S.S. s'écroulèrent sur la banquette, touchés à mort. Féli eut le temps de serrer le frein à main, et le camion s'immobilisa.

Le jeune homme poussa les deux cadavres hors de la cabine, saisit le volant, fit un demi-tour ultrarapide et s'éloigna à toute allure du bois, avant l'arrivée des maquisards.

Il n'ignorait pas que les gars du maquis, non motorisés, ne pourraient se lancer à sa poursuite; en fuyant, il essuya tout juste deux ou trois coups de feu, entendit les balles s'écraser sur la tôle du véhicule.

Il fut bientôt suffisamment éloigné du bois pour se sentir tranquille. Il fonça à pleins gaz sur Tarraud, un village presque mort, aux confins nord-est du plateau de Vaucluse. Il dépassa le bled, gagna Christoliane, traversa le patelin endormi, roula jusqu'à une vieille ferme retirée en pleine montagne, bâtie devant un précipice, au pied d'une très haute muraille de roc qui rappelait, bien que moins importante, celle de la fontaine de Vaucluse; au sommet de la muraille de granit, c'était le plateau calcaire blanc et désertique qui continuait.

Le camion stoppa devant la vieille bâtisse. La ferme tomberait bientôt en ruines. Là, quelques mois plus tôt, s'était éteint le grand-père de Féli, le vieux berger que l'on appelait le Patriarche.

Après la mort de l'ancêtre, la maison était restée inhabitée; seuls quelques meubles deux fois centenaires étaient demeurés entre les murs croulants.

Le jour pointait sur le Ventoux quand Féli, armé
d'un pic pris dans la remise du Patriarche, acheva
d'ouvrir un des caissons de fer. Il avait eu un mal
fou à extraire la caisse de la cabine du camion; la
boîte métallique s'était écroulée lourdement sur le
sol, juste devant l'entrée de la vieille ferme.

Féli n'en croyait pas ses yeux. Il regarda les gros
bâtons d'un jaune sale. Il prit son canif, gratta une
barre et découvrit l'éclat du métal précieux.

Il mit un temps considérable pour sortir les trois
autres caisses du véhicule et les pousser dans ce qui
avait été la salle commune de la ferme. Il voulut
descendre les quatre boîtes dans la cave, puis y
renonça, estimant que l'opération prendrait trop de
temps. Il se dit que, pour soulever de pareils fardeaux,
il eut fallu au moins deux hommes, et pas des grin-
galets.

Il barricada la porte de la maison, pour la forme,
sachant bien que nul ne s'aventurait plus jusqu'en
ce lieu désert. Depuis la mort du vieux, on n'avait
pour ainsi dire pas vu un lièvre dans la baraque;
les seuls héritiers du Patriarche étaient ses trois petits-
fils; le père et la mère Pogolelli avaient passé l'arme
à gauche depuis quelques années.

Deux jours plus tard, Emile et Gusti Pogolelli,
que leur jeune frère était allé chercher à Lyon, se
trouvaient dans l'antre de feu le Patriarche.

Emile, l'aîné, qui s'était lié dans la capitale rhodanienne avec quelques fourgues, avait acquis de solides connaissances en métaux précieux. Il reconnut tout de suite des barres d'or.

Les deux frères pouvaient être satisfaits: en venant les trouver à Lyon, le pitchoun n'avait pas galéjé.

Les frères Pogolelli restèrent près d'une heure en extase devant ce trésor qui allait leur assurer une retraite très précoce du mitan.

Pendant que les deux grands ouvriraient les trois autres caisses (Emile avait estimé le lot à un peu plus d'un milliard; huit cents millions à un milliard en traitant avec le fourgue.), le petit prendrait la traction et irait à Sault acheter de quoi casser la croûte et arroser l'événement.

A son retour, le jeunot constata que ses costauds de frères avaient ouvert les boîtes, vérifié leur prestigieux contenu et transbahuté le tout dans la vaste et profonde cave taillée dans le roc.

Emile, estimant la cachette peu sûre — et pas question d'emmener l'or à Lyon! — prit la décision de voler un bon coffre-fort, de l'amener dans la ferme, de le descendre dans la cave et d'y enfermer les barres d'or; pour plus de sûreté, le coffiot serait muré. Ensuite, le trésor bien à l'abri — il ne fallait pas traîner — on irait tous à Oran, en famille, chez le cousin Toussaint qui connaissait un fourgue terrible, un Libanais, un type efficace qui travaillait avec les States et achèterait le lot en payant cash.

Pour commencer, les Pogolelli se débarrassèrent du camion allemand devenu encombrant; Féli alla abandonner le véhicule militaire du côté du gouffre de Caladaire.

Le jeune homme resta à l'Oustau des Estello (C'était le nom de la vieille ferme.), comme gardien, avec un duvet, des vivres pour quelques jours et un parabellum remis par les grands. Simple précaution, cette arme. Parce que, comme l'avait dit Emile, qui viendrait attaquer le benjamin?

Emile et Gusti regagnèrent Lyon où ils lurent les journaux pour apprendre qu'on avait volé de l'or dans une banque d'Imperia, en Italie; on parlait de métal précieux appartenant à des dignitaires fascistes et dérobé par des soldats allemands déserteurs demeurés introuvables.

- Les deux aînés pouvaient être fiers du petit. Avant même de venir à Lyon, il vous torchait un des plus beaux hold-up de l'époque. Et avec de si petits moyens! Et avec quelle facilité!

« Ils ne s'est pas rendu compte, le pauvret! » se dirent les deux grands.

Une nuit, ils volèrent un coffre-fort dans une usine de Vaise. Un coffre carré imposant, à triple épaisseur, avec fermeture à chiffre. Mais comme le caffiot était vide, on l'avait laissé, en attendant de l'emplir, dans un simple bureau de la sous-direction où les deux frères purent entrer comme dans un moulin.

Ils assommèrent et ficelèrent les deux gardiens et purent opérer en toute quiétude. Ils avaient fait main basse sur une camionnette et, à l'aide d'un treuil et d'un diable, transportèrent le coffre-fort dans le véhicule.

A la ferme, opération inverse. Les Pogolelli avaient gardé le diable et le treuil; avec précaution et habileté, ils descendirent le coffre dans la cave.

16

Autour d'eux : pas de curieux. La montagne sèche, aride, la haute muraille de roche; le gouffre. Un vrai petit désert.

Ils s'activèrent et se désaltérèrent avec des canons de Lubéron, bien tenus au frais dans la cave.

A coups de pioche (Le patriarche avait laissé tous ses outils sur place.), les trois frères attaquèrent un mur du sous-sol. Ils durent travailler longtemps, le mur étant d'une épaisseur et d'une solidité considérables. Ils taillèrent véritablement dans la roche et finirent par se trouver devant un trou d'environ un mètre de côté sur soixante-dix à quatre-vingts centimètres de profondeur. Puis ils placèrent le coffre-fort dans la niche.

La combinaison du chiffe n'était pas formée, les sept boutons du coffre se trouvaient sur un blanc. Emile put donc ouvrir la lourde porte. Ils placèrent les vingt-quatre barres d'or dans un sac de jute, mirent le tout dans le coffiot, et l'aîné referma la porte. Puis il chercha un chiffre, un mot-clé que lui et ses frères ne pourraient oublier.

Après un quart d'heure de palabres, ils se mirent d'accord sur le mot *Marengo*, bataille de Napoléon, personnage historique qu'ils aimaient bien tous trois.

Emile brouilla la combinaison, puis plaça les sept boutons sur les lettres de Marengo, dans l'ordre. Ça marchait. Emile tourna encore les boutons, brouilla de nouveau la combinaison, ferma définitivement la porte.

Les trois frères se débarrassèrent des caisses d'acier vides en les jetant dans le gouffre, puis revinrent dans la cave se transformer en cimentiers. Ils avaient eu la chance de trouver le nécessaire dans la remise du Patriarche. Chaux, ciment, truelles, etc. Et l'eau fut puisée dans le vieux puits.

Le coffre-fort bourré d'or se trouva bientôt muré, invisible, face à l'entrée de la cave. Vingt centimètres de muraille à faire sauter. Un coffiot blindé. Sept boutons à tourner et à placer sur sept lettres : M.A.R.E.N.G.O. Un milliard de barres d'or à saisir.

Pour les Pogolelli, il ne restait plus qu'à se rendre à Oran et contacter le fourgue.

Pendant ce temps-là, Paris et la Provence étaient libérés. Mais les trois frères étaient vraiment ailleurs!

A Oran, les trois Italo-Provençaux se firent vite repérer. Les deux aînés étaient de Lyon; il ne pouvait donc être question de les tolérer à Oran. Et puis il y eut des indiscrétions, à cause du cousin Toussaint qui était presque gâteux et buvait ses deux litres d'anisette par jour.

Débarqués dans le port algérien le 24 août, les Pogolelli, eurent la pègre oranaise aux trousses dès le 27.

Le 28, les deux grands étaient tués d'une rafale de mitraillette en pleine rue. Venus à Oran pour y fourguer une cargaison d'or considérable et n'ayant pas voulu concéder le moindre petit fade, on les avait rapidement condamnés.

Le petit échappa de justesse à la tuerie et put se sauver. Il traversa l'Espagne et se retrouva dans l'Ariège sans un sou, épuisé, découragé. Il se demanda ce qu'il allait faire, seul, si jeune, avec un pareil paquet de fric. Les deux grands n'étaient plus là pour lui prodiguer leurs judicieux conseils.

Féli réfléchissait à tout cela en cassant la croûte dans un bistrot de routiers, à Pau. En mangeant, le courage lui revint. Il avait un plan. Il irait à Lyon et essaierait d'y trouver les meilleurs amis de ses frères. Mais Emile et Gusti, si renfermés, si méfiants, avaient-ils noué dans la grande ville de véritables relations amicales? Féli se dit que, si ces hypothétiques copains n'existaient pas, il se débrouillerait autrement se ferait des alliés d'une autre façon. Il offrirait un peu d'or à ses complices. Il deviendrait riche, puissant, épaulé par des durs. Il retournerait à Oran. La bande de Sauveur l'Oranais serait détruite sans pitié.

Lorsque vint le moment de régler l'addition, Féli déclara tout de go à la servante qu'il n'avait pas de quoi payer. Le patron s'apprêta à lui foutre une tabassée. Un routier au grand cœur s'interposa, paya le repas du jeunot et lui offrit un café arrosé. Puis il le prit en stop et l'emmena jusqu'à Remoulins, dans le Gard.

A l'arrivée, Féli dormit un peu dans le camion, puis, à l'aube, il s'en alla. Il vola une voiture. A Pont-Saint-Esprit, il essaya d'obtenir de l'essence, se disputa violemment avec un pompiste. Féli fit un geste menaçant. La femme du type appela les gendarmes. Ceux-ci s'amenèrent aussitôt et voulurent embarquer Féli. Mais le jeune homme sortit son parabellum et, dans l'inconscience de la jeunesse, tira. Il tua un brigadier. On le coffra immédiatement. Il fut jugé à Nîmes le 2 juin 1945 et condamné à mort.

Le 19 septembre de la même année, sa peine fut commuée en réclusion criminelle à perpétuité.

Il séjourna dans plusieurs Maisons Centrales. Les années s'écoulèrent. Deux tentatives d'évasion — la première à Clairvaux en décembre 1946, la seconde à Nantes en juin 1951 — échouèrent et lui valurent des semaines de mitard. Puis il s'abandonna à son sort.

Ce fut au bout de vingt-deux années d'emprisonnement, en juillet 1966 — il avait alors quarante ans — qu'il eut pour compagnon provisoire de cellule Dieudonné Chavadou, bien connu dans le mitan sous le nom du Cantalou.

Les deux hommes sympathisèrent d'emblée.

Le Cantalou avait été condamné en février 1958 par les assises des Alpes Maritimes à quinze ans de travaux forcés pour un hold-up commis à Nice, l'attaque d'un fourgon blindé transportant la paie du personnel de plusieurs usines de traitement de parfums. Le braquage s'était déroulé peu après la sortie de Nice. Un convoyeur fut tué. Mais Chavadou ne portait pas la responsabilité de ce sang versé; il n'avait pas tiré un seul coup de feu.

Le Cantalou avait agi avec cinq complices recrutés à Marseille. Deux hommes de main. Un indicateur. Un guetteur. Un chauffeur. Mais il avait été le seul à être identifié, arrêté et confondu. Il n'avait pas balancé ses aides — sur ce plan-là, il était demeuré intraitable. Mais, avant d'être épinglé par la police, il avait mis en lieu sûr l'argent volé — un magot de deux cent quarante-cinq millions — sous le plancher d'un hangar à bateaux désaffecté, à Cassis, et négligé d'indiquer la cache à ses collaborateurs. Peu après son arrestation, il avait appris que le produit du vol — planqué dans la précipitation, donc sans grand soin — avait été retrouvé par les flics. Un coup à avoir ses complices sur l'alpague! Les Mocos[1] reniflant un coup fourré, avaient manifesté leur mécontentement : le Cantalou avait coiffé le chapeau et, une fois derrière les hauts murs, pas un Moco ne lui avait porté le panier!

Pour les billets retrouvés, Chavado avait soupçonné une indiscrétion d'un vieux mataf qui habitait près du hangar et l'avait vu s'amener avec le sac à flouze. Le viocard émargeait peut-être chez les perdreaux.

En juillet 66, le Cantalou était un homme de cinquante ans, dur, taciturne, peu sociable, mais très bien noté par l'administration pénitentiaire. En prison il s'était toujours bien tenu.

Lorsque au cours de travaux intérieurs de réfection dans la Maison d'Arrêt de Melun, Chavadou fut enfermé dans la même cellule que Féli Pogolelli, les deux hommes se prirent d'amitié. Au bout d'un certain temps, après bien des hésitations, Féli prit la décision de parler des barres d'or à son compagnon de cellule. Le Provençal savait qu'il n'avait plus aucune chance de sortir du trou; il était là pour la vie. On l'avait gracié, mais il ne pouvait être question pour lui d'obtenir une remise de peine. Tuer un gendarme en service commandé coûte très cher. Si, par miracle, il bénéficiait d'une mise en liberté, ce ne serait probablement pas avant une quinzaine d'années. A cinquante-cinq ans! Pour lui, autant dire jamais : sa santé était plutôt chancelante.

(1) Les Marseillais.

Ça lui faisait mal au cœur, à Féli, d'entendre l'Auverpin lui parler de son Auvergne, du château près de Saint-Flour qu'il ne pourrait jamais s'offrir, de tous ses vieux rêves irréalisables. Et puis, le Cantalou avait une bonne tête. C'était un type trapu, au regard franc, à la mâchoire carrée, aux cheveux très noirs.

Féli avait raconté à Chavadou la fameuse journée d'août 1944 : le camion allemand, l'embuscade dans le maquis, les barres d'or...

En trois nuits, le Cantalou avait appris presque toute l'histoire.

— Et ton coffiot, c'est quel genre? avait demandé l'Auvergnat. A chiffre?

Féli avait tout déballé — sauf un détail : le mot-clé permettant d'ouvrir le coffre. Pourquoi avait-il omis de fournir cette précision à son compagnon? Tout à coup, il avait eu le sentiment d'être allé trop loin. Et une idée folle l'avait visité : jouer le tout pour le tout et tenter une ultime fois la belle. Et pour cela, il comptait bien demander l'aide du Cantalou. Les deux hommes s'enfuiraient ensemble et partageraient le trésor. Féli avait décidé d'attendre un peu avant d'exposer son plan à Chavadou.

— Tu le connais, le chiffre? avait insisté l'Auvergnat. Tu le connais forcément...

— Plus tard, Dieudonné... J'ai besoin de réfléchir.

Les réticences tardives de Féli avaient paru bizarres au Cantalou, mais il n'avait pas insisté.

Un matin, on vint chercher Féli pour le transférer à Marseille, aux Baumettes. Le Cantalou ne devait jamais revoir son co-détenu. En le voyant partir, il se sentit réellement attristé. Il regretta que l'Italo-Provençal ne soit pas allé jusqu'au bout de ses confidences et ne lui ait pas indiqué le chiffre permettant d'ouvrir le coffre-fort.

« Bah, ma foi, réfléchit-il, avec du temps, la combinaison je la trouverai... Ou j'ouvrirai le coffiot autrement. La vieille ferme, c'est quand même pas la Boulange aux faffes [1]! »

A Nice, le Cantalou avait bien cru faire le coup de sa vie. Mais pour empocher quoi? Pas même soixante millions, une fois le butin partagé. Pour profiter pleinement du trésor des frères Pogolelli, il lui fallait sortir rapidement de prison.

Chavadou envisagea de parler à son avocat, maître Gaudagnat, de lui demander d'aller jeter un œil sur le plateau de Vaucluse, près de Christoliane. Tenait-elle toujours debout la vieille ferme du grand-père Pogolelli? Etait-elle habitée? Si c'était le cas, il y avait de fortes chances pour que le coffre n'y soit plus.

Après réflexion, le Cantalou préféra ne rien demander à son défenseur. La méfiance avait fini par l'emporter. Dame! une histoire de plus d'un milliard de barres d'or! Le secret s'imposait. Un milliard et des poussières. Mais, depuis 1944 — le Cantalou ne l'ignorait pas — le cours de l'or avait monté.

Seulement, quelque chose ne cessait de tarauder l'esprit de Chavadou : il avait encore sept années à tirer.

Il pensa souvent au fabuleux magot planqué dans la montagne. Cela devint une véritable obsession.

(1) La Banque de France.

Mais il eut bientôt un coup de chance. Sa conduite irréprochable en Centrale, le fait qu'il n'en était qu'à sa première condamnation et le talent de son défenseur le firent bénéficier d'une remise de peine. Il fut libéré en février 1968, après dix années de détention.

I

— Alors, tu t'en vas, Dieudonné?

Chavadou rabattit le couvercle de la valise pleine. Il se retourna sur sa sœur qui venait d'entrer dans la chambre, un filet à provisions à la main.

— Je ne veux pas t'embarrasser plus longtemps, Gaby...

— Si c'est pour Georges, tu sais...

— Georges est un brave gars. Ce n'est pas la question.

La question, c'était que lui, un natif du Cantal, n'aimait pas la mer. Il avait souvent critiqué sa sœur d'être venue habiter ce bled de la côte normande. Alors qu'il était encore en prison, il avait appris le mariage de Gabrielle avec un boulot. Et son beau-frère avait obtenu un poste important dans une société d'import-export du Havre, ce qui expliquait la présence du couple en Normandie.

La question, pour Chavadou, c'était aussi que l'époux de sa sœur risquerait d'être mal noté par ses chefs si ceux-ci apprenaient que, dans la petite maison de Cauville-sur-mer, vivait depuis bientôt huit jours un repris de justice, l'homme qui, dix ans plus tôt, avait défrayé la chronique judiciaire sous le nom de Dieudonné le Cantalou.

Chavadou n'aimait pas causer d'ennuis aux autres, fussent-ils des boulots. Et puis, une semaine à respirer l'air marin et à regarder la pluie normande asperger le paysage, ça allait bien comme ça.

Bien sûr, le Cantalou estimait que, après dix ans de ballon, une petite détente au grand air n'était pas du luxe, mais il était grand temps pour lui que les choses sérieuses commencent. Il avait entendu dire que la vie débute vraiment à quarante ans. Lui, Chavadou, filait tout droit sur ses cinquante-deux printemps. Il lui fallait donc se remuer. Ça urgeait.

Là, dans la petite chambre au papier mural à fleurs, tout en regardant la mer grise, le ciel merdeux, les mouettes, les quelques bateaux, il avait fait un bilan dans les grandes lignes.

Boulot jusqu'à trente ans, il avait eu subitement une soif de liberté, de fric, de vraie vie. Un autre Cantalou, Aurélien Gabriac, moins célèbre celui-là, l'avait introduit dans le mitan. Des coups minables, jusqu'à la grande affaire de Nice, qu'il avait mis des mois à mettre sur pied. Une bonne pincée de braise à prendre. De quoi commencer sa vie. Mais ça avait foiré. Dix années à moisir au bing.

Il avait hâte de se propulser sur le plateau de Vaucluse et de visiter la ferme des Estello. Et si le mec Féli l'avait mené en bateau? Pour lui, ce trésor caché, ce coffiot muré, planqué dans le roc, ça faisait tellement caverne d'Ali Baba! Pourtant, d'expérience, le Cantalou savait que la réalité dépasse souvent la fiction.

Il était grand temps pour lui de rentrer à Paris, de s'installer dans la carrée que son avocat lui avait trouvée, rue de Patay, dans le 13°. Et, une fois seul, bien seul, faire le point. Ensuite, sans trop attendre, se propulser en éclaireur sur le plateau, près d'Apt. Si l'histoire des barres d'or était authentique, avant un mois il serait en Amérique du Sud.

Au sujet du chiffre, il avait longtemps hésité à se rendre à Marseille, aux Baumettes, pour essayer de parler un peu avec Féli à travers le grillage du parloir. Il avait fini par y renoncer, soucieux de ne pas donner l'éveil à la police qui allait certainement l'avoir à l'œil pendant quelque temps. Et si les flics ou leurs friquets le voyaient tailler des bavettes avec le provenço-Rital, ils allaient s'ingénier à faire les fouille-merde et en chercher la raison. Aussi avait-il choisi la discrétion, un bon comportement sournois, sachant, comme disait l'autre, que le secret est l'âme des affaires. Donc, adieu à Féli à qui — si celui-ci n'était pas un mytho — il allait devoir tant.

Il avait sa valise à la main. Il embrassa sa sœur.

— Tu remercieras Georges pour tout. Je n'ai pas le temps de l'attendre.

— Reste au moins déjeuner, Dieudonné...

— Non. Je veux prendre le train de midi douze.

— Qu'est-ce que tu vas faire?

Elle se mordit la lèvre parce que son frère venait de lui faire les gros yeux. Elle se souvint que Dieudonné n'aimait pas les questions. Elle aurait bien voulu ajouter :

— Tu ne vas pas recommencer tes bêtises, au moins? mais s'en abstint.

Elle savait qu'il ne valait mieux pas s'immiscer, même un tant soit peu, dans la vie privée de son frère, si secrète, et se remémora les colères furieuses de celui-ci lorsque l'on passait outre.

Chavadou prit le car sur la petite place, face à la jetée. Il pleuvait encore. A midi douze, au Havre, le train qu'il avait choisi s'ébranla. Calé dans un coin de compartiment, deux religieuses pour voisines, il laissa une fois encore vagabonder son esprit.

Pour commencer, il ferait un saut chez Clément, un pays à lui qui, avant que les flics embarquent Chavadou, était propriétaire d'un troquet infâme près de l'hôpital Saint-Louis, le long du canal. Le Cantalou avait prêté un million au cafetier. Depuis — Chavadou l'avait appris par le téléphone auvergnat, qui vaut bien l'arabe —, Clément avait pris une grande brasserie sur le boulevard Saint-Marcel. Un bonjour en passant, un peu de cochonailles d'Auvergne avalées sur le pouce, deux ou trois petits gorgeons, et puis on passerait dans l'arrière-boutique. Les bons comptes font les bons amis. Clément lui rendrait cash sa brique, ça ne faisait pas un pli. Une bonne petite liasse de billets. De quoi tenir quelques jours, amortir ses frais en attendant l'expédition dans le Vaucluse.

Après Evreux, il se mit à penser à *eux*. Pas moyen de faire autrement. Parce que, pensait-il, ces pourris-là étaient toujours en vie. Tous les cinq. Une information obtenue à Melun très peu de temps avant sa libération par un type fraîchement condamné, plus un avertissement charitable de son avocat, l'avaient mis sur ses gardes et plongé dans l'inquiétude. Il savait maintenant que ses ex-complices lui en voulaient à mort. D'une part, parce qu'il avait planqué le fric sans jamais révéler la cachette à ses cinq collègues. D'autre part parce que, les billets retrouvés par les poulets, ses collaborateurs dans le coup de Nice, le prenant à tort pour la dernière des lopes, avaient cru dur comme fer qu'il avait indiqué à la confrérie Bourremann la cachette des talbins, en spéculant sur une sympathie du jury à son égard, aux assises ainsi que sur une future remise de peine. Et comment leur faire admettre, à ces tordus, que la bienveillance du Garde des Sceaux il l'avait obtenue uniquement en considération de sa bonne conduite au placard? Comment leur prouver, à ces imbéciles, qu'il n'avait pas dit un mot aux flics de l'endroit où était caché l'argent?

Chavadou les trouvait bien sévères, ces petits branques qu'il avait déniaisés. D'abord, le coup de Nice, c'était bien lui qui l'avait organisé dans ses moindres détails. Lui et personne d'autre. Et puis, qui avait tué le convoyeur? Bellafranca : et lui, Chavadou, avait été le seul à écoper. Les cinq autres avaient conservé leur liberté; pas une virgule n'avait été ajoutée à leur casier. Il n'avait dénoncé personne. Malgré les cent trois heures d'interrogatoire dignes d'un combat sur ring! Il avait tenu bon. « Et ces ordures, pensait-il, amer, l'attendaient quand même pour lui régler son compte! » Il se disait que, ici ou là, il n'y avait vraiment pas de justice.

Tout en regardant le paysage normand trempé de pluie, il laissait ses pensées continuer à vagabonder.

Il avait appris que, depuis le coup de Nice, les cinq petits marles n'avaient guère fait d'étincelles. On ne pouvait pas dire que, pour eux, les choses avaient brillé. Chavadou se demanda s'ils étaient rangés des voitures. Pas sûr du tout. Il se posa des questions, tout en regrettant que ces cinq enflés lui occupent tant l'esprit. Que faisaient-ils? Qu'étaient-ils devenus? Il sourit en pensant au surnom que, dans le mitan, on avait fini par donner aux cinq types : les Malurous (en provençal : les Malheureux), parce qu'ils avaient commencé leur pâle carrière à Marseille et échoué lamentablement dans la plupart de leurs coups minables.

Lui, Chavadou, les avait pris en remorque, alors que, de par ses qualités, il était homme à agir seul, à se passer des autres. Et ces ingrats lui en voulaient à mort!

Il les revit.

Vargaignas, le Marseillais. Plus fort en gueule que méchant. Mais jaloux jusqu'à la haine et, si les choses avaient vraiment mal tourné pour lui, parfaitement capable d'abattre Chavadou.

Constantinidis, le Grec de Marseille. Malin et violent. Avec lui aussi, il fallait faire très attention.

Ambroise, le pupille de l'Assistance. Difficile à bien connaître. On ne savait jamais ce qu'il pensait vraiment. Un sournois de la pire espèce. Le type des coups en douce.

Hammagui, le Tunisien. La brute. Pas très futé, mais parfois agité comme un fauve enragé. Le gars à ne pas contrarier sans être armé jusqu'aux dents.

Le plus redoutable, enfin. Bellafranca, l'Espagnol. Certainement le plus apte des cinq à verser le sang pour un oui ou pour un non. Bellafranca qui avait tué froidement le convoyeur et que Chavadou n'avait pas donné.

30

Pendant des années les cinq hommes avaient dû maudire le Cantalou bien planqué dans sa prison.

*
**

A Mantes, une flopée de gosses d'une classe de neige, qui devaient changer de train à Paris pour filer sur la Savoie, envahirent le couloir du wagon, s'éparpillèrent dans les compartiments, remuants et bruyants. Chavadou, qui trouvait la graine de bois de lit légèrement seccotine sur les bords, prit sa valise dans le filet, sortit du compartiment, joua des coudes dans le couloir encombré et passa dans la voiture voisine.

*
**

L'homme qui suivait Chavadou depuis Le Havre était petit et mince, avec une grosse tête ronde, des cheveux noirs et frisés qui lui descendaient dans le cou, des favoris longs, larges et sales. Il avait des petits yeux fureteurs, sans cesse en mouvement, sous des sourcils broussailleux. Il empestait le parfum bon marché. Il s'appelait Aldo Marcuzzoli. Trois mois plus tôt, il était encore employé à l'infirmerie des Baumettes, où il exerçait les besognes les moins reluisantes : le carrelage à laver, les bassins à vider et à rincer, la bouffe à donner aux taulards mal en point, le thermomètre médical à présenter à ces messieurs qui, jamais contents, l'engueulaient comme du hareng pourri, sans parler des petits soins à prodiguer aux agonisants... Les agonisants... Féli Pogolelli. Il le revoit. Un squelette entre deux draps crasseux. La fin d'un détenu de longue date. Marcuzzoli aurait fait au moins une bonne chose dans sa vie : ne pas laisser crever seul, comme un chien, le nommé Félicien Pogolelli. Il se revoit, penché sur le mourant, lui raconter de ces bêtises que l'on dit aux mômes qui ne veulent pas dormir. Et il entend encore la voix cassée, faiblarde de la loque :

— Mes frères sont morts depuis longtemps... Pourtant, un frelot, j'en ai encore un : toi, Aldo. Merci.

Et voilà Pogolelli parti à se confesser. Une fantastique histoire de pognon caché... Dieudonné Chavadou dit le Cantalou, qui a été mis au courant, à Melun, en connait une bonne partie. L'Auvergnat ignore une seule chose : le chiffre du coffre. Ce chiffre, Féli le révèle à l'infirmier; par contre, il ne lui dit pas un mot sur l'endroit où se trouve la vieille ferme...

— Le Cantalou détient une partie du secret... Toi, une autre...

— Pourquoi que t'as pas donné le chiffre au Fouchtra?

— J'ai hésité... Je lui ai tout dit, sauf ça. J'ai voulu attendre... et puis on m'a transféré aux Baumettes... Le Cantalou, je l'aimais bien... Et toi, t'auras été mon dernier pote... A vous deux, vous devriez pouvoir vous débrouiller.. Quand je serai clamçé, tu quitteras ton emploi d'infirmier... Tu essaieras de joindre le Cantalou, à Melun...

Il avait ajouté, prévoyant :

— Le Cantalou, je serais pas étonné si on lui accordait une remise... Sa première chambre d'homme libre, ce sera chez sa frangine... Cauville-sur-mer, près du

Havre... Tu trouveras... Il m'en a souvent parlé de sa sœur..

Féli Pogolelli était mort dans les bras d'Aldo Marcuzzoli, ancien détenu devenu infirmier à la prison des Baumettes, dans la nuit du 6 au 7 novembre 1967.

Fin février, Marcuzzoli, à Paris depuis trois mois, avait appris la libération anticipée du Cantalou. Féli avait vu juste. L'ex-infirmier s'était pointé au Havre, puis à Cauville... Il n'avait pas été long à repérer l'homme du Cantal. Il s'était mis à exercer une surveillance serrée et, lorsque Chavadou avait pris le train de Paris, l'Italien avait suivi le mouvement.

*
* *

Marcuzzoli vit le Cantalou s'avancer dans le couloir du wagon, sa valise à la main. Jamais encore il ne l'avait vu de si près. L'homme était bien tel que Féli Pogolelli le lui avait décrit. Large, solide, un peu lourd, le visage barré par une énorme moustache noire.

« J'attends Saint-Lazare pour l'alpaguer ou j'y vais maintenant? » se demanda Marcuzzoli.

Au passage, Chavadou bouscula un peu le petit type et s'excusa vaguement. L'Italien le retint par une manche, familièrement :

— Dites-moi...

Chavadou tourna une face sévère sur Marcuzzoli :

— Qu'est-ce qui vous prend? demanda-t-il d'une voix rude, un peu rocailleuse.

33

— Je parie que vous êtes le Cantalou. Je me trompe?

Chavadou ne put se retenir de sursauter. « Déjà! se dit-il. On l'emmerdait déjà! Qui était ce petit type craspec? » D'abord, qu'on le retienne comme ça par une manche, Chavadou n'aimait pas du tout. Il retira sans ménagement la main de l'Italien.

— Qui êtes-vous? demanda Chavadou, méfiant, essayant, d'un coup d'œil expert, de sonder le type.

Mais, d'expérience, il sentait déjà le paumé.

Marcuzzoli ébaucha un sourire qu'il dut ravaler aussitôt, devant le regard froid du Cantalou.

— Je... Je sais que vous êtes le Cantalou. Je vous guette depuis Cauville. Au Havre, j'ai pris le train derrière vous.

— Ah, fit Chavadou, sèchement. Belle filature. C'est un peu flic, ça, non?

— Rassurez-vous, j'ai rien du flic.

— Si. Un peu la gueule.

Chavadou jeta un bref coup d'œil dans le couloir vide. La marmaille de la classe de neige était restée dans la voiture voisine.

— Vous êtes qui? demanda Chavadou, peu amène.

— Aldo Marcuzzoli. Mon nom ne vous dira rien.

— En effet.

— J'étais encore aux Baumettes en novembre dernier. Là-bas, j'ai tiré deux berges. Puis j'ai bossé à l'infirmerie comme pousse-canule.

— Et qu'est-ce que vous voulez bien que ça me foute?

— On peut parler, non?... Je vous attendais. Avec impatience.

— Tiens donc!...

— Rassurez-vous...

— Mais je me rassure, mon vieux. Je me rassure. Eh bien?

Il parlait rapidement, sèchement, sans élever la voix, et son air n'avait rien d'engageant. L'Italien commença à perdre de sa belle assurance.

— J'écoute, insista Chavadou.

— Ben, voilà... Vous savez, moi, je ne vous veux que du bien, hein...

— Gentil, ça.

— J'ai à vous parler...

— Et on va parler longtemps comme ça, dans le couloir?

— Après tout, ce dur... c'est le meilleur endroit, non?

— Vite. Au fait.

L'air cassant et renfrogné du Cantalou désarçonnait de plus en plus l'Italien. Il pensa que, en lui disant que Chavadou était du genre ours brutal, on ne l'avait pas trompé. Il avait en face de lui un être que l'amabilité était loin d'étouffer. Pas la tête à claques, non, mais le bloc de béton, inhumain, dont on ne peut vraiment rien tirer.

— Déballez vibure votre salade. J'ai pas le temps. Vous voulez quoi?

Chavadou avait été quelque peu pris de court, et il n'aimait pas ça. Il n'était pas arrivé à Paris qu'on voulait déjà lui parler affaires. Parce que le petit parfumé, malgré son air un peu tante, ne l'avait certainement pas accroché pour lui parler chiffons.

— J'ai connu Féli Pogolelli, jeta L'Italien.

Chavadou ne put se retenir de tiquer.

— Tous les deux, on a sympathisé... Aux Baumettes.

« Pas chacun la pogne dans le falzar de l'autre, tout de même! se dit Chavadou. Le Féli, c'était quand même pas le style Henri III. »

— Sympathisé? Tiens...

« Qu'est-ce qu'il a bien pu trouver de sympa dans cette gueule, le Féli? se demanda Chavadou. Ah! c'est vrai que le pépé Pogolelli était Rital... Ça a dû créer un lien. Et puis, qu'est-ce que je débloque? Ce Marcuzzoli, c'est peut-être pas le mauvais cheval. Merde! Je juge un peu vite, moi! Est-ce que par hasard le Féli lui aurait parlé des barres d'or? »

— Féli Pogolelli est mort.

Chavadou grimaça, salement sonné :

— Quoi?

— Mort dans mes bras. Il y a trois mois.

— Pauvre Féli. Ça me fait vraiment de la peine. Il était toujours mal foutu...

— Les trois derniers jours, il marinait dans la morphine... J'ai fait ce que j'ai pu pour que sa culbute soit pas trop moche... C'était plutôt le bon zigue...

Marcuzzoli observa un silence puis lâcha :

— Je suis au courant de tout.

En guettant la réaction de Chavadou.

— Tout quoi? demanda l'Auvergnat, de nouveau sur ses gardes, en s'efforçant d'avoir l'air indifférent.

— Tout. Les barres d'or prises aux Allemands. Le

coffre fermé, avec chiffre à sept lettres... Tout, je vous dis.

Le Cantalou tint bon quelques secondes, puis il eut le masque. Il surprit son visage dans la vitre de la porte du compartiment. Une gueule longue comme le bras, qu'il faisait, et ça lui déplut souverainement.

— Je vous en bouche un coin, pas vrai? sourit Marcuzzoli.

« Cette face de raie a bougrement raison! reconnut intérieurement Chavadou, contrarié. Ça alors! c'est la meilleure! Pouvait pas la fermer, le Féli? Je sais bien que l'autre a dû jouer les bonnes sœurs, sur son lit de mort, mais tout de même... Ça fait pas ma balle du tout, ça! C'est la grosse tinette! Et moi qui croyait être le seul!... Un peu décevant, le Féli... S'il m'a mis sur le même plan que ce Gorgonze qui pue la cocotte!... »

— Je connais tout, reprit Marcuzzoli.

Et il alluma une cigarette, tendit son paquet au Cantalou qui refusa — il ne fumait jamais. Chavadou, intéressé, posa enfin sa valise.

— Tout, dit l'Italien. Sauf la cachette.

Chavadou poussa un soupir de soulagement. « Ce brave Féli! » se dit-il. Il se rendit compte, un peu honteux, qu'il l'avait jugé trop vite. Pogolelli n'avait pas révélé l'essentiel à l'autre. Lui seul connaissait l'endroit où était planqué le coffre.

— Il m'a juste parlé de la cave d'une maison isolée, continua Marcuzzoli. Sans autre précision. C'est vague, hein! Des maisons isolées, en France, il y en a des tas!

— Vous l'avez dit.

— La cave d'une baraque. Un coffre muré avec, dedans, pour un milliard et quelques de barres d'or. C'est tout ce que je sais. Mais c'est quand même pas mal. Trouvez pas?

— Dites donc, pour fouiller toutes les maisons isolées de France... vous allez avoir un sacré turbin!

— Féli m'a raconté... Je sais qu'il vous a tout dit.

— Ah oui? Et alors?

— Il m'a affirmé que vous saviez tout. Et Féli Pogolelli, on peut le croire, hein! Un gars régulier...

— Ouais. Ouais. Ecrase un peu. Tu veux en venir où, exactement?

— Ses paroles, à Féli, on peut pas les mettre en doute. Qu'est-ce qu'il en avait à foutre, hein? Il allait y passer.

Ce n'était pas l'envie de flanquer une tourlousine au type parfumé qui manquait à Chavadou, mais il se maîtrisa et resta silencieux, méfiant, sur le qui-vive, aux aguets comme lorsque, enfant, il guettait les oiseaux de nuit dans les bois de la Margeride.

— Je sais que vous connaissez l'endroit exact, dit Marcuzzoli. Mais il y a une chose que vous ignorez et que moi je sais.

Comme Chavadou se taisait toujours, rentré en lui-même, surveillant le « hibou », Marcuzzoli poursuivit :

— L' « Aveugle et le paralo », ça vous dit rien, cette fable? Pas la peine de tournicoter autour du pot, hein. Vous connaissez l'endroit mais vous pouvez pas ouvrir le coffre. Moi je peux ouvrir le coffre mais je connais pas l'endroit. J'ai le chiffre. Le joli petit chiffre sans lequel on ne peut pas ouvrir la tirelire.

— Tiens! t'as trouvé ça tout seul, ricana Chavadou. Et tu te figures que je peux rien foutre sans le
chiffre! Pauvre balourd! Décris-moi Féli. Et fissa!

De sa grosse masse, il serra le Rital contre la porte
du compartiment. En quelques mots hachés, Marcuzzoli décrivit Pogolelli et fournit quelques détails qui
firent admettre au Cantalou que son interlocuteur ne
mentait pas.

— Ton chiffre, tu peux te le foutre où je pense!
J'en ai pas besoin.

Il allait reprendre sa valise et s'en aller, quand il
se rendit compte qu'il voulait en savoir davantage.

— Pourquoi que Féli t'en a pas dit plus? demanda-t-il. Pourquoi t'indiquer le chiffre et pas l'endroit
où est planquousé le coffre?

— Il ne m'a donné qu'une partie du rébus. Comme
à vous, tiens! Sûr qu'il voulait qu'on agisse ensemble, qu'on ait chacun sa part et que l'un
puisse pas blouser l'autre.

— Sans blague! Marrante, ta petite théorie. T'as
vu ça d'où, toi? Si Féli était resté à Melun, le chiffre,
c'est sûr, il aurait fini par me le donner.

Marcuzzoli eut un sourire crispé :

— Afanaf, c'était la volonté de Féli...

— C'est toi qui le dis. Faut le prouver.

— Je vois... Vous ne me croyez pas. Tenez... à la
moitié, je suis prêt à y renoncer. Seulement un quart
du tas et le chiffre est à vous.

— Pauvre andouille! Tu berlures!

Le Cantalou saisit sa valise, écarta brutalement le
Rital et s'éloigna vers le soufflet pour passer dans un
autre wagon.

A la gare Saint Lazare, dans la foule des voyageurs qui s'écoulaient vers la sortie, Chavadou sentit une présence gênante. Il avait reniflé le parfum de Marcuzzoli. L'Italien était juste derrière lui, se collait à ses basques, vraie méduse. Chavadou se retourna et constata que le petit type avait l'air beaucoup moins faraud que dans le train; il faisait plutôt une sale tête.

— Alors, Chavadou? C'est votre dernier mot?

L'Auvergnat posa sa valise, toisa Marcuzzoli, l'empoigna par un revers de son pardessus :

— Dis donc, crampon! Tu vas m'emmerder encore longtemps?

Il s'était mis à élever la voix, indifférent aux voyageurs qui passaient autour d'eux et les regardaient avec insistance.

— Tu vas me coller à la pastèque jusqu'à quand? Ton chiffre, je te l'ai dit, tu peux te le carrer où je pense!

Il reprit sa valise, prêt à faire demi-tour. Marcuzzoli, l'air suppliant, tenta de le retenir :

— Elle est où, cette baraque? Dites-le moi, quoi! Dans le midi, peut-être? Féli était de par là...

D'un violent coup d'épaule, le Cantalou envoya valser l'Italien contre une bande de curés :

— Tire-toi!

Et, en donnant d'autres coups d'épaule, il se fraya un passage dans la foule qui s'écoulait trop lentement à son gré. Quelques mémères à gosses rouspétèrent. Il fut bientôt face à l'employé qui prenait les billets. Il ne se retourna pas et, de ce fait, ne put voir l'expression haineuse de Marcuzzoli.

II

La chambre de la rue de Patay, vaste, avec une
cuisine et un coin douche, convenait parfaitement au
Cantalou. Il se moquait du confort, en vrai paysan
qu'il était resté. Ce qui l'intéressait, c'était l'argent,
le gros tas d'argent. Milliardaire, il eut volontiers
vécu dans une piaule de bonne, pourvu qu'il eût beaucoup de fric en poche, quelques hectares de chasses,
de terres cultivables, et un bon capital quelque part.

Son avocat lui avait trouvé ce logement. Il était
tranquille. C'était meublé simplement mais suffisamment.

Il était passé boulevard Saint-Marcel et son copain
lui avait rendu sa brique, en espèces, sans rechigner.

Depuis son installation dans la chambre, Chavadou
pensait à Marcuzzoli. Il se demandait qui était exactement ce type et s'il allait l'importuner longtemps,
venir le relancer. Parce que, ça ne faisait pas un pli,
on allait finir par le repérer. Jusqu'à présent, deux
hommes seulement connaissaient son nouveau domicile : le bavard et Assauzac, son vieux pote, un gars
de Chaudes-Aigues. Malgré sa promesse, il avait renoncé à envoyer son adresse à sa sœur. Peut-être la lui

donnerait-il plus tard. Une fois en Amérique du Sud, il aviserait. Dans le mitan, beaucoup comparaient la méfiance, l'extrême prudence du Cantalou à celles de feu Emile Buisson.

Ce qui ennuyait un peu Chavadou, c'était que, dans la carrée, il n'y avait pas le téléphone. C'était vraiment l'isolement complet.

Il s'était rendu au tabac du coin pour appeler Assauzac, marchand de charbon et d'anthracite rue de Javel.

Chavadou et Assauzac dit le Charbonnier avaient le même âge. Ils s'étaient connus en 37, à la griffe, au 119ᵉ d'Infanterie, à Metz. Assauzac, longtemps spécialiste des cambriolages de riches demeures familiales de province, s'était peu à peu retiré des affaires délictueuses sans pour autant rompre le contact avec les informateurs qu'il avait dans le mitan, en sus des quelques loufiats auverpins qui lui donnaient parfois d'utiles renseignements. Un retour en force du Charbonnier était toujours possible.

En prenant une entreprise de vente de boulets, Assauzac s'était vraiment mis au charbon, sans jeu de mots. Et du coke, des briquettes, de la tête de moineau, il en avait vraiment jusqu'au cou.

On frappa quatre coups rapides, puis trois longs. Chavadou posa son *France soir* et alla ouvrir. Il resta un moment à regarder le Charbonnier qu'il n'avait pas vu depuis des mois et estima que celui-ci, à part un supplément normal de brioche, n'avait guère changé. Alexis Assauzac était toujours courtaud, un peu basduc, moustachu, chauve, et l'épais cou de taureau était toujours là, les épaules de lutteur. Les deux hommes avaient presque un air de famille. Ils tombèrent dans les bras l'un de l'autre, se donnèrent une longue accolade.

Assauzac remit à son ami le *Sauer & Sohn* chargé qu'il avait apporté. Chavadou soupesa l'arme et, d'un bref coup d'œil connaisseur en apprécia le canon fixe faisant corps avec la carcasse.

Après une conversation qui roula sur leur amitié réciproque, sur des souvenirs communs, ils allèrent casser une petite croûte rue Cantagrel, chez un bougnat natif d'Aydat.

Ils n'avaient pas terminé le jambon de pays que Chavadou savait déjà que son ami était au bord de la gêne.

— L'anthracite, ça ne marche plus, s'était plaint Assauzac. La concurrence des grosses taules, tu comprends... J'ai eu tort de pas faire le mazout... Ah! si on avait Poupou! Descendre dans la rue, voilà le vrai truc pour en sortir!

— Débloque donc pas, Alex, avait fait le Cantalou, trouvant un peu triste que son pote en soit venu là, à se débattre avec des problèmes de boutiquier.

« Il est temps que je le reprenne en main », avait-il pensé.

Et puis, Assauzac ne racontait pas tout. Les grosses boîtes, comme il disait, avaient bon dos. Ce dont il ne se vantait pas, c'était qu'il était un peu flambeur, et surtout, très poussé sur le litron, au point d'y laisser des fortunes.

Chavadou exposa sa situation financière qui, chez lui non plus, n'était pas brillante. A l'omelette aux cèpes, ils roulaient des pensées amères, jusqu'à regretter de n'avoir pas imité bon nombre de leurs cousins, de leurs camarades d'enfance qui, partis dans la limonade, avaient aujourd'hui pignon sur rue aux quatre coins de Paris. Eux avaient voulu aller plus vite, brûler les étapes, faire fortune rapide et, malgré la sévère concurrence corse, marseillaise ou nord-af', choisi le plomb plutôt que le zinc, la sulfateuse plutôt que le percolateur. Aujourd'hui, ils se rendaient compte que faire son beurre dans des entreprises illégales n'est pas chose aisée.

— Après tout, nous autres les Cantalous, on n'est pas faits pour être gangsters, soupira Assauzac, la bouche pleine de tripoux. Nous, c'est le sou par sou.

— Débloque pas, Alex! A Nice, j'ai failli gagner. Et tu crois tout de même pas que je vais me lancer dans la bibine à mon âge!

— Le charbon, c'est zéro. Je t'attendais, Dieu, tu sais. J'espère bien qu'en cabane, t'as mijoté un coup fumant...

Ils engloutirent en silence le montayrol (1), attaquèrent leur fourme (2), firent honneur au milliard (3) de la patronne, se rincèrent la bouche au corent de Clermont. Puis, après la liqueur du Velay et le brin de conversation avec le patron, ils retournèrent rue de Patay.

Lorsqu'ils arrivèrent dans la piaule, Assauzac était au courant de tout. Le coffre-fort. Les barres d'or. La ferme dans le Vaucluse. Tout. Y compris la proposition de Marcuzzoli.

(1) Pot-au-feu auvergnat.
(2) Fromage d'Auvergne.
(3) Clafoutis auvergnat.

Le Cantalou avait déployé une carte Michelin sur la table afin d'étudier la région d'Apt.

— On va être riches, Alex, dit Chavadou.

Et lui qui plaisantait rarement, ajouta :

— On va pouvoir fonder une colonie auvergnate au Chili!

Il remarqua que le Charbonnier, assis sur le divan, faisait une mine sinistre.

— Qu'est-ce que t'as? Le déjeuner ne passe pas?

— Je n'osais pas te le dire, Dieu... Mais faut que je parle.

— Bah quoi... Vas-y, roule, bon sang!

— Les Malurous veulent ta peau. C'est sûr, tu sais. C'est pas du flan.

— Certain? Des mots ou...

— Des mots, bien sûr. Mais une volonté, aussi. J'ai mes petits informateurs, tu ne l'ignores pas... Une méthode que m'a inculquée mon oncle Rémi. Tu sais, celui qui était flic et qui a pris sa retraite en 51... Des casseroles (1), j'en ai trois ou quatre. De braves garçons... J'ai même un champion : un petit loufiat qui vient d'Issoire et qui gratte à Blanche... Naturellement, on sait que t'es sorti. Là, pas de problème. Le plus vachard, ce serait l'Espagnol.

En une seconde, Chavadou revit l'homme brun tirer sur le convoyeur, sans hésiter. Bellafranca qu'on appelait l'Espagnol mais qui, en France depuis la dernière guerre, s'était sérieusement francisé quant à ses mœurs et son parler...

— Bellafranca..., murmura Chavadou, pensif.

— Pardi! Pour être exact, les autres je ne sais pas.

_____

(1) Indicateurs. (Argot de la police.)

Je les ai moins à l'œil. C'est surtout l'Espingo que je surveille. Et celui-là, il veut vraiment ta peau. Mais d'après des rambours tout frais, ce serait le groupe entier qui tiendrait à te voir rétamé. C'est très sérieux, Dieu. Faut que tu fasses très gaffe. L'histoire des biffetons retrouvés par les flics, tu penses, ils ne l'ont pas digérée. Si encore la fortune leur avait souri, hein... Ils t'auraient certainement oublié. Mais c'est qu'elle leur a pas du tout souri, la fortune. Ils en sont toujours au même point qu'il y a dix ans.

— Je le savais bien que ces empafés-là ne pourraient rien foutre sans moi!

Le marchand de charbon hésitait.

— J'ai même mieux que ça, Dieu...

— Mais parle! Quoi encore?

— L'Espagnol aurait cherché à contacter les autres. Et comme ils sont tous dans un potage sévère, ils t'en veulent que c'est pas croyable! A l'époque où t'as été sapé, vu que tu les avais pas balancés, ils étaient partants pour passer la main si tu réparais à ta sortie de placard. Ils étaient prêts à être patients. Mais quand ils ont cru que t'avais boni la cachette du fric aux cognes, pardon! tes petits potes, ils ont vu rouge!

— Et ce branque de Francisco, il parle comme ça! A tort et à travers!

— Non, quand même pas. Jamais il n'évoque le coup de Nice. Les poulets ont beau le renifler, hein, mais sans preuves, sans indices sérieux... balpeau! Quand il parle de te mettre à mort, l'Espingo, il ne jacte pas devant n'importe qui. Ce serait plutôt le petit comité. Mais je te dis que j'ai mes pleureuses.

Comme mon oncle le condé avait ses gens qui allaient au deuil. On m'informe, quoi. Ils sont prêts à soulever toute la merde de Paris pour te trouver, Dieu. Tu peux pas rester ici. En te dégotant cette carrée, ton débarbot, il a cru bien faire. C'est le chic gars. Mais t'es quand même trop exposé, vieux!

En écoutant son ami, le Cantalou se sentit plutôt mal dans sa peau. Après tout — il se l'était souvent dit — il devait reconnaître qu'il n'avait pas toujours agi loyalement avec ses ex-complices. Et son petit galure, il le méritait un peu. Pourquoi avoir planqué les billets volés et gardé la cachette secrète? Il avait pourtant eu l'intention de se comporter proprement et de procéder au partage dès que l'affaire serait un peu tassée. Seulement il n'avait pas eu confiance en la discrétion de ses acolytes et avait redouté de voir certains d'entre eux faire étalage trop tôt de leur pognon. Aussi ne leur avait-il pas indiqué où se trouvait le butin. Il avait choisi d'attendre. Puis on l'avait arrêté un soir, dans un restaurant d'Antibes. Et celui qui l'avait dénoncé anonymement — parce qu'il était sûr d'avoir été agrafé sur dénonciation — ne pouvait être qu'un de ses cinq complices. Lui aussi, s'il l'avait voulu, aurait pu jouer les méchants. Mais il avait vraiment autre chose à faire.

Il essaya de se ressaisir et se pencha sur la carte.

— On va faire fissa, dit-il. Un petit tour sur le plateau de Vaucluse. On prend les barres. Je connais un fourgue comme ça! Il crèche dans le Jura. On traite, et on fout le camp. On sera vite loin! Les Malurous l'auront dans l'oigne, bien profond!

Il se frotta longuement le menton, qu'il avait carré et bleui de barbe.

— Seulement, voilà. Est-ce que ces cinq tocassons vont me foutre la paix, me laisser travailler tranquille? Si je peux plus faire un pas dehors sans risquer de me faire trouer la peau!

Assauzac approuva du chef; il avait l'air inquiet.

III

Grand, bien bâti, très brun, les yeux un peu globu-
leux, tiré à quatre épingles, Francisco Bellafranca re-
mettait en place son nœud papillon devant un miroir
de son bureau.

Sur les murs, s'étalaient des photographies, des af-
fichettes, des pochettes de disques représentant de jeunes chanteurs, yéyés, ou assimilés pour la plupart,
sitôt lancés, sitôt oubliés.

Dans un coin, la dactylo, une rousse au corps
épais, aux épaules larges, était avachie sur sa machine
en attendant le courrier à taper; elle avait fait pivo-
ter son siège tournant et montrait ses grosses cuisses
blêmes à son patron. Mais Bellafranca avait d'autres
chats à fouetter que de s'occuper de ce boudin que lui
avait envoyé un organisme de travail temporaire.
« Même pas bonne à tringler », avait-il jugé. Même
en vitesse, sur un coin de table, en prenant le café
du pauvre. Depuis quelque temps, Bellafranca avait
d'autres soucis en tête.

Il s'installa à son bureau et se fit machinalement
les ongles. Il ramassa quelques papiers, les fourra
dans un tiroir; il aperçut le pistolet américain Black-

hawk 357 qu'il avait toujours sous la main, referma le tiroir à clé.

La dactylo bâilla grossièrement, ouvrit son journal de romans-photos et dit :

— Elle ne va pas tarder, monsieur Sco.

Dans les milieux de la chanson — surtout dans les sphères minables — Francisco Bellafranca se faisait appeler Sco Bellaf.

— Le train arrive à onze heures dix, dit la gravosse. Vous allez être en retard.

— J'y vais.

Il se leva, enfila son imperméable.

— Vous fermerez le bureau, Fernande. Vous pourrez disposer de votre après-midi.

« Chouette! » se dit Fernande, en se demandant si elle irait au ciné voir le film de Sheila qu'elle n'avait pas encore vu ou se faire tâter par son coquin qui relevait d'une grippe et était en congé de maladie.

— Merci, monsieur Sco, dit-elle.

Sco Bellaf alla prendre sa D. S. dans le parking souterrain des Champs-Elysées et fila à la gare du Maine.

Le rapide de Brest arriva à onze heures cinquante-trois. De loin, Bellaf vit venir la petite Annick Le Pluviguen. « La merveilleuse enfant! » se dit-il en la voyant toute petite, rondouillarde, avec de bonnes grosses joues rouges. « Pas la beauté, non. Mais la saine petite fille de chez nous, de nos provinces de l'Ouest. Et une voix divine, avec ça! »

Il avait remarqué la jeune fille quelques semaines

plus tôt, dans trois fêtes locales. A Morlaix. A Lander-
neau. A Dol de Bretagne. Pour lui, les yéyés c'était
terminé. Avec sa petite agence minable, il n'avait pas
pu en lancer un! La petite Bretonne, s'il s'y prenait
bien, ç'allait être autre chose. Celle que, bientôt —
ainsi en avait-il décidé —, les foules au grand cœur
surnommeraient la « Nouvelle Damia » était là,
marchant vers lui, avec ses deux grosses valoches
entourées d'une ficelle. « Pour une fois, songea-t-il,
une fille de l'Ouest ne débarque pas à Paris pour y
devenir bonniche ou, par la suite, tapin, mais vedette. »
Et il allait y veiller. Sco Bellaf allait en épater plus
d'un!

Il prit les bagages d'Annick, l'embrassa sur ses
joues rebondies.

— Bonjour, monsieur Bellaf.

— Appelle-moi donc oncle Sco, je te l'ai déjà dit
à Morlaix.

Morlaix. Où, après avoir entendu chanter la jeune
fille, Sco Bellaf avait invité toute la famille à prendre l'apéritif au *Café du Viaduc.*

— Bien, oncle Sco, dit-elle.

— T'as fait bon voyage, ma poule?

— C'ont été. Des matafs de Brest m'ont lutiné dans
le soufflet, mais dame! c'étions pas les mauvais gars!

« Et ce parler savoureux! » songea Bellaf. Il se
demanda s'il la laisserait chanter avec l'accent. Dans
ses tiroirs, il avait déjà sept ou huit salades réalistes
où il était beaucoup question de la mer brumeuse,
des matelots d'Ostende, des bourlingueurs norvégiens
ayant le mal du pays, des amours malheureux d'une
petite servante boscotte d'estaminet portuaire... C'était
l'*Olympia* avant six mois. Il avait soigneusement pré-

paré son coup. La petite garderait son nom, Annick Le Pluviguen.

Naturellement, la môme ne chantait pas mal, ce qui ne gâtait rien. Mais ce qui avait émerveillé Sco et emporté sa décision, c'est qu'Annick, à dix-neuf ans, était la benjamine de quatorze enfants. L'aîné avait quarante ans, et la plupart des frères et sœurs de la jeune fille étaient diminués physiquement ou mentalement. Sco s'était dit que la courageuse enfant, la petite dernière des Le Pluviguen, pauvres ramasseurs de goémon de la baie des Trépassés, allait faire bouillir la marmite de cette brave famille de notre Ouest. Les Bretons n'avaient pas d'usines, pas d'autoroutes, pas d'infrastructure? Eh bien, ils allaient avoir Annick Le Pluviguen. De quoi calmer le F.L.B. pendant dix ans. A ce sujet, Sco Bellaf estimait qu'il faisait œuvre d'apaisement social en ces rudes régions de l'Ouest, et il comptait bien pouvoir toucher une subvention correcte du gouvernement.

Ils descendaient le grand escalier de la gare, vers l'avenue du Maine

— T'as faim, Annick?

— Ben, oui. C'est qu'j'ai pris la soupe à quatre heures

— T'as beaucoup beaucoup faim?

— Oui

— Oui, qui?

La petite sourit, un peu gauche :

— Euh... oui, oncle Sco.

Ils montèrent dans la D.S. La jeune paysanne admira la voiture et se dit que c'était rudement plus beau que le tombereau à goémon du père!

53

Sco Bellaf roula vers *Roger la Frite,* près de l'ancienne gare.

Soudain, l'Espagnol éprouva un petit remords. Il se dit qu'il pouvait tout de même offrir mieux qu'une saucisse-frites à cette brave gosse.

Ils allèrent *chez Hansi,* brasserie toute proche, et commandèrent une choucroute comme à Strasbourg.

La jeune Bretonne avait remis une lettre à son protecteur, à ce brave tonton Sco. Bellaf lut la missive et reconnut la grosse écriture maladroite du père Le Pluviguen, tracée à l'encre violette. Le vieux ramasseur de varech confiait sa benjamine à Sco et le remerciait pour tout le bien qu'il allait faire à la famille.

Sco plia la bafouille, la glissa dans son portefeuille :

— Dans un an, le Tout-Quimper te saluera bien bas, petite... Mange... Mange... C'est bon?

— C'est ben bon, tonton Sco, fit la petite, la bouche pleine.

Tout en coupant son lard, Sco parla un peu affaires :

— Je retiens vingt-cinq pour cent sur tous tes cachets, colombe. Je prends des risques! J'espère que tu le comprends, trésor. Et je m'en vais faire de toi une super-vedette! On te verra à la télé, jusqu'au pays, tu te rends compte? Tu auras les foules mélomanes à tes pieds, croquette. Mange... Mange... Reprends du chou, bouclette. Sur les soixante-quinze qui restent, je prends dix pour ta famille. C'est de l'argent qui leur reviendra quand, devenue vieille, tu ne pourras plus chanter. Sur les soixante-cinq qui nous restent, j'espère que tu ne me feras pas les gros yeux quand je t'aurai dit que je retiendrai les deux tiers pour les mettre de côté. Rassure-toi, ce sera pour toi. Mais tu sais, tu es une artiste, Bichou... Une grande artiste, mais, hé! une artiste. Donc, les questions d'argent t'échappent. Et moi, ta petite fortune, je saurai la gérer, tu verras. Avec le reste, il faudra que tu t'habilles, et, si tu es chou — et chou, tu l'es, oh! mais ça, je le sais! —, tu offriras de temps en temps un petit cadeau à tonton Sco qui veillera sur toi... Mange, praline. Mange.

Il la regarda dévorer. Il se dit que si elle maigrissait un peu, ça ne serait pas plus mal. Enfin, toutes ces questions étaient à étudier. Dans la semaine à venir ils attaqueraient les premiers enregistrements; les trois auteurs-compositeurs qui avaient apporté leurs salades à Sco étaient des crève-la-faim, et l'Espagnol leur avait acheté leurs scies pour une bouchée de pain. Machin qui était à moitié gâteux et ne pouvait plus écrire ni composer signerait; ça ferait plus ronflant. Et, d'ici à trois mois, Sco ferait passer la gosse à la télé. L'Espagnol savait, que grâce à la petite, il allait enfin se sortir de la purée noire dans laquelle il s'enfonçait depuis la foirade du coup de Nice. Il pensait souvent à Chavadou qui avait laissé tomber salement ses complices en refusant de leur indiquer la cachette des billets, planque qu'il avait fini, l'ordure, par désigner à la police. L'Auvergnat ne l'avait pas dénoncé, alors qu'il savait très bien que c'était lui, Sco, qui avait descendu le convoyeur. Mais Sco restait persuadé que si le Cantalou s'était tu à ce sujet, c'était uniquement par trouille et sûrement pas par bonté d'âme.

A plusieurs reprises, Sco avait juré d'avoir la peau de Chavadou dès que celui-ci serait libéré. Et voilà que le Cantalou était libre. Il se trouvait sûrement à Paris. Sco se dit que la petite Bretonne allait sauver Chavadou. Sans la mine d'or brestoise, Sco n'eût pas passé la main. Mais à présent qu'il allait gagner de l'or, ça ne le dérangeait pas d'oublier l'Auvergnat.

— Tu veux un dessert, carotte? Une pâtisserie? Une crêpe bretonne, tiens!...

— J'connaissions.

— Bon, alors... Choisis ce que tu veux, pupuce. On va t'apporter le plateau à gâteaux. Hep! mademoiselle! Amenez-nous les gâteaux.

*
**

La D. S. roulait vers les Champs-Elysées où se trouvait le bureau de l'impresario à la manque.

Annick s'extasiait devant les beautés de la capitale. Ils passèrent au bas de la Tour Eiffel. La petite voulut à tout prix y monter. Sco Bellaf se laissa attendrir. On a beau avoir un cœur d'impresario pour chanteurs, on a sa sensibilité. Cette enfant de l'Ouest qui pleurait presque pour grimper sur la fameuse tour, Sco trouvait cela touchant.

Sco se gara dans le parking. C'était une belle journée ensoleillée de fin d'hiver — et on était samedi — il y avait donc pas mal de visiteurs. Sco alla prendre les billets. Il ne comptait pas conduire la môme au-delà du premier étage, vu qu'il urgeait d'aller signer le contrat. Quand la gosse aurait apposé son paraphe — une croix, peut-être? — au bas de l'acte, il se sentirait pleinement tranquille.

Alors qu'il faisait la queue pour les tickets d'entrée, il ne remarqua pas la présence, derrière lui, dans la file, de deux hommes qui semblaient les surveiller, lui et Annick.

Sco se dirigea vers un ascenseur, mais la petite voulut à tout prix emprunter l'escalier. Il la laissa faire. Ils décidèrent de se retrouver au premier étage, près du restaurant.

Un des deux types qui épiaient Sco et Annick s'engouffra dans l'ascenseur. C'était Marcuzzoli. L'autre prit l'escalier et suivit la jeune fille.

En arrivant au premier étage, Sco attendit cinq ou six minutes, puis fut très surpris de ne pas voir la petite Bretonne. Il la chercha partout, un peu affolé.

« Elle ne s'est tout de même pas fait emballer dans l'escalier! » se dit-il.

Il remarqua bientôt un petit type à la tête ronde et volumineuse, très parfumé, qui semblait le suivre partout. Il se pencha à plusieurs reprises à la balustrade et regarda le terre-plein au bas de la tour. Pas trace d'Annick. « Et puis, se dit-il, pour voir la fiole des gens de cette hauteur, tu repasseras! »

Il s'adressa à un gardien, décrivit Annick. Le type en uniforme fit la moue.

— Vous savez, on voit un tas de monde!

Il alla jeter un coup d'œil dans le restaurant. Pas d'Annick. Il sortit, regarda la plate-forme supérieure.

« Elle est peut-être montée au deuxième? Quelle petite connasse! Elle me fout de ces peurs! »

Il décida d'aller explorer le deuxième étage et se dirigea vers un ascenseur. Il craignit d'être obligé de poireauter et s'élança dans l'escalier. Le mec qui cocotait le parfum était encore derrière lui! « Ça commence à bien faire, se dit-il. Qu'est-ce que c'est que ce quidam? » Il se retourna brusquement :

— Dites donc, l'ami! Vous voulez me dire quelque chose? Si c'est pour un autographe, c'est pas l'heure.

— Euh... z'êtes bien Francisco Bellafranca?

L'Espagnol regarda soupçonneusement Marcuzzoli :

— Oui. Et alors?

L'Italien hésitait. Oui, pas de doute. Il était bien devant Bellafranca, l'ennemi juré du Cantalou. Cette vérité, il la tenait d'un pote à lui, bien renseigné sur les querelles de famille dans le mitan — sans compter les ragots entendus en Centrouze, où les nouvelles vont vite. Quand le Cantalou l'avait envoyé bouler, le Rital avait tout de suite choisi de frapper à la porte de l'Espingouin.

— Je m'appelle Aldo Marcuzzoli et...

— Et qu'est-ce que j'en ai à foutre? Même si vous vous appeliez Rudolf Valentino...

— J'ai à vous parler.

— Tiens! Je m'en serais un peu douté. Vous avez mis du temps à vous décider!

— J'hésitais... Je croyais que vous cherchiez quelqu'un et...

— Ecoutez, fiston, j'ai pas le temps.

— C'est très urgent. Et vous le regretterez pas.

— Eh dites! comment m'avez-vous trouvé ici?

— J'ai guetté à la sortie de votre bureau, aux Champs. Et je vous ai suivi gare du Maine. Et la suite. Comme vous déjeuniez avec une demoiselle, je n'ai pas osé vous aborder dans le restaurant. Je vous ai encore suivi jusqu'ici et... j'en ai profité.

— Vous auriez dû me téléphoner, mon vieux. En voilà un cirque, pour me parler! Ecoutez, prenez rendez-vous. J'ai pas une minute. J'ai vraiment autre chose à foutre.

Il hésita, prêt à repartir à l'assaut des marches :
— En deux mots, c'est à quel sujet?
Le Rital le regarda droit dans les yeux :
— Le Cantalou.
Sco Bellaf sursauta :
— Et alors?
— C'est important.
— C'est un renseignement gratuit ou payant que vous voulez me donner?
— Ça dépend.
— Ça dépend de quoi?
— On pourrait peut-être parler ailleurs... Sur une plate-forme... Ou en bas, dans le Champ de Mars...
Sco hésita puis pensa à Annick. Il se demanda où elle pouvait bien être passée et se dit que la petite Brestoise, c'était tout de même plus important que le Cantalou. A présent qu'il avait une mine d'or entre les mains, le Cantalou, à son avis, c'était plutôt usé.
— Ecoutez... Téléphonez-moi demain matin. Agence *Paris-France-Vedettes*. Elysées 99-09.
Et il s'élança à l'assaut de l'escalier.
— C'est très urgent! lança Marcuzzoli, un peu décontenancé.
Mais Sco était déjà loin. L'Italien redescendit les marches en réfléchissant. Il décida d'essayer de coincer Bellaf en bas, quand l'Espagnol serait redescendu.

Sco fouilla en toute hâte le second étage. Toujours pas d'Annick. Ça commençait à l'inquiéter sérieusement. Il se propulsa au troisième. Rien. Se précipita vers un ascenseur qui, bourré de visiteurs, était sur le point de descendre, et se retrouva en bas Gros-Jean comme devant.

Il explora le terre-plein, sous la tour, se promena à pas rapides dans le parking, alla jusqu'aux jardins voisins. Il finit par trouver Annick assise sur un banc. La jeune fille était en larmes. Il s'assit à côté d'elle.

— Que se passe-t-il, ma petite mouette? demandat-il en essayant de faire de la poésie. Tu chiales? Où étais-tu passée?

— Faut qu'vous m'pardonnions, tonton Sco..., dit la jeune fille en sanglotant de plus belle.

Sco se mit à tapoter les mains d'Annick :

— Ce n'est rien... Ce n'est rien... Tu as quitté la tour Eiffel avant moi... Hé! ma foi, ce n'est pas un drame!

— J'étions point la moche fille, vous savez!

— Mais je n'en doute pas une seconde, mon roitelet!

— C'étions point d'ma faute à moi...

— Tu es excusable, poupette. Beaucoup de... de provinciaux se perdent, dans cette tour... Tu n'es pas la première, tu sais.

— J'crois ben qu'vous entendez de travers, tonton Sco... Ma bêtise, c'étions ben aut'chose que d'mêtr' égarée dans vot' tour...

— Mais parle, framboise... Parle...

— Dans l'escalier d'vot' belle tour, un bonhomme m'a abordée..

— Tu lui as plu, voilà tout. Il faudra t'y faire, gros chou. A Paris, les jolies filles, tu sais... Tu l'as éconduit, j'espère?

— Croyez point qu'cétions pour aller fauter qu'il m'a abordée, l'bonhomme... Non, tonton Sco, c'étions point du tout ça! C'étions point du tout des manigances dans sa grange qu'y m'avions proposées, l'bonhomme...

— Il ne t'a pas proposé la botte? Il t'a proposé quoi, alors?

— Le même prénom qu'l'Halliday, qu'l'avions, l'bonhomme...

— Il t'a dit son prénom?

— Johnny. Pou'l'nom d'famille, j'm'en souvenions pus. Johnny Queq'chose.

— Et après, Choupette?

— Y m'a emmenée boire un lait à la grenadine dans un grand café, sur une grande avenue toute pleine d'arbres... Tout près d'ici, à main gauche... L'étions très ben, c'te bonhomme... Vraiment très ben! Un grand frère, pour moé! Paraît qu'y m'a entendue chanter à la fête d'Pontivy, y'a trois moés, et qu'y m'a remarquée. Au café, alors que j'buvions mon lait rose, il a sorti d'sa poche une chose...

— Un quoi?

— Un machin officiel... Un contrat, comme vous dites à Paris. Et, ma foé, j'on signé.

L'Espagnol eut l'impression que la tour Eiffel venait de lui tomber sur la tête. Il regarda Annick comme si elle venait de se changer en monstre du Loch Ness. Il eut subitement envie de la gifler, de la bourrer de coups de poing, et dut faire un gros effort pour se maîtriser. Pour Sco, l'ordure, c'était l'autre, le concurrent, ce fumier à qui tout réussissait et qui l'avait grillé au tout dernier moment. C'était foutu! Foutu! La môme ne lui appartenait plus! Elle était sous contrat chez l'autre, maintenant! Que faire? Fouiller de nouveau la Bretagne? Y dégoter une autre plouque? Aller au fin fond du Périgord, de la Corrèze, du Morvan pour y trouver l'oiseau rare? Il ne s'en sentait vraiment pas la force.

Sa colère se mua en haine. Il se dit qu'il allait rester dans son bain de merde. Le petit trésor lui fondait entre les doigts.

— Le bonhomme m'a dit de vous attendre, dit Annick, vraiment peinée pour Sco, en se séchant les yeux à l'aide de son mouchoir. Pour vous dire que j'pouvions pas signer le contrat avec vous... Fallions que j'vous prévienne. Par honnêteté, qu'il a dit.

— Tu ne lui as donc pas dit que je t'avais découverte, petite ingrate?

— Si. J'lui on expliqué la chose. Mais il m'a dit qu'vous étiez un minable, un point grand-chose, et que, avec lui, j'irions ben mieux vers la gloire, qu'il en avait formé d'autres, d'filles d'cheu nous et que...

— Pauvre conne! Et j'ai payé à bouffer à ça! Merde alors!

Sco se dit qu'il s'était fait posséder comme le dernier des caves. Il se leva brusquement, tourna le dos à Annick qui séchait toujours ses larmes, s'éloigna du banc, marcha vers sa voiture. La petite lui courut après en réclamant ses valises. Il les prit dans son coffre et les lui lança rageusement dans les jambes. En la voyant s'éloigner vers le pont d'Iéna, vraiment seule dans Paris, ployant sous le poids des valoches, il eut un petit coup au cœur. Sa fortune s'éloignait et, pour lui, le temps des vaches maigres allait continuer. La haine le défigurait. Il se remit à penser au Cantalou, comme il l'avait souvent fait depuis le coup de Nice. Il allait se mettre au volant de sa D.S. quand il vit le type à la grosse tête ronde s'approcher.

— Vous êtes libre? demanda Marcuzzoli.

— Allez-y! grogna Sco. Montez! On va aller discuter dans mon burlingue!

— Ça n'a pas l'air d'aller, dit l'Italien en montant.

— T'occupe. Et alors, ce Cantalou? Qu'est-ce qu'il a encore fait?

Ecœuré par le parfum de Marcuzzoli, Sco ouvrit la vitre toute grande. La Citroën démarra en trombe et fonça sur l'esplanade sablonneuse au grand émoi de plusieurs piétons qui marchaient vers la tour Eiffel.

*
* *

Sco Bellaf regarda le petit Italien avec intérêt. Ce que venait de lui dire le type à la face de lune valait bien le débouchage d'une bonne *Johnny Walker*. Il alla chercher une bouteille dans le bar de son bureau. Marcuzzoli se mit à regarder les photographies de yéyés punaisées sur les murs. Il se leva, lut des noms. Bobby Maximus. Yann Gwatt. Benjamino Fogg. Red Stow. Locomotive Brown. Etc.

— Qu'est-ce que c'est que ces jeunes gens? demanda-t-il.

— Des morpions que je me suis décarcassé à lancer, dit Sco en servant des whiskies. Autant lancer des colombins en l'air! De jeunes dodos! Rien dans le ventre. Aussi doués que des rats morts! A peine partis, ils se sont écroulés comme des merdes.

— Votre agence n'est pas florissante, à ce que je vois.

— T'occupe, fiston.

— Cé qu'il vous faudrait c'est une Sheila, une Mi...

— Ça va! coupa l'Espagnol. T'es pas ici pour parler chansons, hein! Tienne!

Ils trinquèrent.

Sco se mit à penser à toute allure. Le petit Rital lui avait presque tout dit. Son passage aux Baumettes. Les confidences du nommé Félicien Pogolelli. Un coffre bourré de jonc, muré dans la cave d'une maison isolée.

« Mais où est cette crèche? se dit-il. Où, bon Dieu? Et cette vieille loche de Chavadou qui sait où se trouve la baraque! Le Cantalou ne connaît pas le chiffre, mais qu'est-ce que ça peut foutre! Est-ce que cela va l'empêcher d'ouvrir le coffiot? Il a un de ces pots bordé de nouilles, ce Chavadou! »

— Et le chiffre, tu ne me l'as pas dit, fit Sco.

— Je ne peux quand même pas tout vous dire, hein! Le chiffre... un peu plus tard, si vous voulez bien. Faites jacter le Cantalou, et, une fois qu'on sait où est la maison, on y cavale. Je serai là pour l'ouverture. Et à ce moment-là, mais seulement à ce moment-là, le chiffre, je vous le livre.

— Ouais. Alors, comme ça, le Cantalou t'a envoyé paître?

— Comme je vous l'ai dit.

— Evidemment, s'il sait où est le coffre... Ton chiffre, hein, il s'en bat l'œil! Il peut y passer des mois, si ça lui plaît, devant le coffiot. Prendre son temps pour l'ouvrir. Si c'est dans une baraque isolée, qui ira le déranger? Pas vrai?

— C'est sûr... C'est lui qui a le meilleur tuyau.

Sco songea qu'il fallait agir vite. Plusieurs tactiques à employer lui vinrent à l'esprit. Faire parler le Cantalou pour connaître la cachette du coffre; et ensuite, bien sûr, le supprimer. Avoir Chavadou à l'œil pour que l'Auvergnat le mène tôt ou tard à la planque du magot, et, une fois là, l'abattre; évidemment, l'Auverpin allait se méfier, et pour lui filer le train, ç'allait être drôlement tinette. Ou encore, négocier avec Chavadou; le partage du tas d'or contre sa vie sauve, contre la promesse de l'oublier, de ne plus chercher à le rectifier, de le laisser vivre dans la détente la plus parfaite. Trois tactiques. Naturellement, si Sco voulait avoir au moins une carte en main, il lui fallait connaître le chiffre. Le petit Marcuzzoli allait le lui cracher, et vite. Ensuite, on se débarrasserait de lui, parce que, dans l'esprit de Sco, il n'était pas du tout question de donner une part au Rital. Il le connaissait pas, ce mec! Naturellement, il fallait renouer au plus vite avec les Malurous. Sco ne se faisait pas de soucis, il savait fort bien que les quatre autres qui, aux dernières nouvelles, en voulaient toujours à mort à Chavadou, marcheraient comme un seul homme. Il urgeait de parler de l'affaire à Vargaignas, à Constantinidis, à Ambroise et à Hammagui. Et, avec eux, agir promptement, s'attaquer au Cantalou.

— T'es venu me raconter tout ça pour te venger du Cantalou, pas vrai?

— Exact. Et aussi, pour marcher avec vous. Seul, hein...

— T'as raison. Seul, on ne va pas loin.

Sco se dit que le Rital allait lui donner le chiffre.

De son propre chef ou autrement, mais il fallait qu'il le lui donne.

— A ton avis, demanda Sco. Il se planque où, le Cantalou?

— Sais pas... En tout cas, au bing, à Melun, il a souvent parlé à Féli d'un bon pote à lui. Presque un frangin. Un gonze plus ou moins retiré du mitan...

— Et qui c'est ce presque frangin?

— Un pays à lui. Un nommé Assauzac. Certains lascars du mitan l'appellent le Charbonnier. Il a un commerce de charbon, rue de Javel...

— Intéressant, tout ça. Le Charbonnier en question, y a pas à dire, il doit pouvoir nous conduire tout droit au Cantalou... Des presque frangibus, ça se voit souvent. Encore un coup de whisky, gars?

Marcuzzoli poussa son verre vide vers l'Espagnol.

IV

Il était sept heures trente du matin. Il tombait un petit crachin. Dans la cour des établissements Assauzac, rue de Javel, des bougnats au visage déjà noir chargeaient des sacs de charbon ou d'anthracite sur les vieux camions pourris qui attendaient d'aller faire leur tournée aux quatre coins de la capitale.

Au milieu de la cour, Tricoul, le chef expéditionnaire, ses factures à la main, attendait le patron. Lorsqu'il vit un taxi s'arrêter devant le porche, il ne fut pas surpris. Le singe avait encore passé la nuit en foirinette! Il avait dû, complètement bourré comme d'habitude, laisser sa 404 dans une rue des Halles, de Saint-Germain-des-Prés ou de Montparnasse. Et, plein comme une huître, au petit matin, il s'était fait transbahuter jusqu'à sa boîte par un loche.

Assauzac entra dans la cour en zigzaguant, le pardessus froissé, la figure plus bouffie, plus rouge encore que d'habitude, un mégot de cigare mouillé collé à la lèvre inférieure.

Tricoul le suivit dans le bureau crasseux où tout sentait le charbon.

— On vous a appelé trois fois, dit le chef des expéditions.

— Déjà? Les clients sont matinaux! Qui?

Assauzac s'écroula sur sa vieille chaise, devant une table encombrée de papiers gris de suie.

— Un M. Dieudonné, fit Tricoul.

— Merde!

— Pardon?

— Laissez-moi vos paperasses, Tricoul, et allez surveiller les bougnats.

Pourquoi Dieudonné l'avait-il appelé? Et si tôt! Il retira son pardessus, alla prendre de l'Alka-Seltzer dans un placard, emplit à demi un verre d'eau. En buvant, il regarda la cour grisâtre, triste, sale, les charbonniers qui empilaient des sacs de boulets sur les camions délabrés, juste bons pour la casse, qui menaçaient à tout moment de le laisser en rade et seraient bientôt inutilisables. Il en était de même pour toute la taule. Les murs des entrepôts s'écroulaient, l'installation électrique était à refaire, et c'était tout juste si Assauzac osait faire entrer les gros clients dans son bureau miteux. Il pensa aux barres d'or. Remercier son personnel qui lui coûtait les yeux de la tête, fourguer cette entreprise branlante qui périclitait de jour en jour, retourner dans l'Aubrac, y acheter un manoir, aller à la chasse, à la pêche, en balade, se soûler la gueule avec les bracos du Forez et culbuter les filles de ferme du Livradois. C'était son plus beau rêve. Dire adieu à tout jamais à la rue de Javel, toujours sinistre, même en été. Dieu irait en Amérique du Sud si ça lui chantait. Mais lui, Assauzac, resterait dans son Auvergne natale.

Il posa le verre. L'Alka-Seltzer lui avait fait du bien. Il éructa bruyamment. Le téléphone sonna.

Assauzac regarda l'appareil avec méfiance. Resté très terrien, il n'avait aucune sympathie pour le téléphone. Pour s'entretenir avec quelqu'un, il avait besoin de la présence physique de l'interlocuteur, pour le sentir, le jauger, comme un emboucheur le fait avec un bœuf à la foire d'Aurillac. Il décrocha lentement :

— Allô.

C'était Dieu. Il écouta.

— T'es fou, vieux! finit-il par dire, affolé. Reste dans ta piaule!

Mais il était trop tard. Le Cantalou n'avait pas pu tenir. La bougeote s'était emparée de lui. Il était loin de la rue de Patay. Il se trouvait à Vincennes, chez Bostano, location de voitures sans chauffeur, et venait de louer une Opel Rekord pour filer à Apt, pour voir de près la ferme. Il avait cherché à joindre Assauzac à son domicile de la porte de Versailles pour lui proposer de l'accompagner. Naturellement, il n'avait pu prévoir que le Charbonnier était en riboulâ(1) à Montmartre.

— Je file! lança Chavadou dans l'appareil. Je pense être de retour cette nuit.

— Attends, cria le Charbonnier. Fais pas le zouave! J'en ai entendu de belles, cette nuit... L'Espingo te recherche...

— Je suis armé. Cette nuit, deux plombes, dans ma piaule.

— Ecoute-moi, Dieu!

Mais Chavadou avait raccroché.

(1) Mot auvergnat signifiant : fête où l'on mange et boit beaucoup.

L'Opel Rekord fonçait vers le midi. En ce jour de semaine de début mars, la 6 était libre. Chavadou, chauffeur doué avant son arrestation, se félicitait de n'avoir pas perdu la main. Il ne levait pratiquement pas le pied du champignon. La présence dans sa poche du Sauer & Sohn chargé jusqu'à la gueule le rassurait. Depuis Paris, nul ne l'avait suivi.

A midi, il sortit de Lyon par Saint-Fons, se rua sur Vienne, Valence, l'autoroute presque à lui. Pour parcourir le plus possible de kilomètres, il roula pendant l'heure du déjeuner. A 14 heures 10, après un sandwich et un demi avalés en vitesse dans un bistrot de routiers, il bifurqua sur Carpentras, fila sur Apt.

Lorsqu'il aborda les lacets qui bordent les gorges de la Nesque, en direction de Sault, il dut conduire très lentement très prudemment, malgré sa hâte de voir de près la ferme des Estello.

A proximité de Tarraud, il fut contraint d'avancer au pas sur plus d'un kilomètre. Il était entré dans une importante zone de travaux. La route, presque retournée, crevassée, n'était plus qu'un long chantier noyé dans un énorme nuage de poussière de sable.

Il passa non loin de gros bulldozers, de camionsgrues, de pelleteuses, autant d'engins capables d'arracher, de soulever, de retourner d'importants blocs de roc. Il vit des soldats en treillis, des gus coiffés d'un casque blanc qui n'avait rien de militaire mais faisait plutôt penser à celui des mineurs. Chavadou finit par identifier des sapeurs du Génie.

Juste avant Tarraud, la route était barrée. Il y avait là quelques types de l'armée et surtout des gendarmes et des C.R.S.

« Merde alors! se dit Chavadou. Qu'est-ce qu'ils foutent? »

Au barrage, on l'invita à tourner à gauche.

— Mais je vais par là...

— Pas possible...

— Que se passe-t-il?

— Travaux militaires.

— Vous déménagez la montagne?

— Presque, sourit le pandore qui avait une bonne tête de feignant. Passez par Castelade, à gauche puis tout de suite à droite...

Un peu à contre-cœur, Chavadou fit demi-tour, prit la route de Castelade. Cet itinéraire allait le retarder, mais il pourrait tout de même joindre Christoliane. Il se demanda de quels travaux il pouvait s'agir. En tout cas, ç'avait l'air important. Il dépassa Castelade, se dirigea sur Christoliane, par une route pierreuse, véritable cimetière à pneus. A mi-descente, il s'arrêta, jeta un coup d'œil dans le ravin impressionnant que bordait la route et sur l'immense plateau crayeux qui lui faisait face. Il regarda les hommes du Génie et des ouvriers civils, Portugais ou Nord-Africains pour la plupart, qui s'affairaient autour des bulldozers, des camions, des wagonnets ou taillaient dans la roche à coups de pic, de perforatrices, d'excavatrices, de marteaux piqueurs. Un bruit d'enfer montait de l'immense chantier qui disparaissait presque sous une tempête de poussière blanchâtre.

« Un barrage? se demanda Chavadou. Mais pour

quoi des bidasses? Y nous refont tout de même pas une ligne Maginot? »

Ce chambardement dans les parages de la ferme l'inquiétait un peu.

Il descendit jusqu'à Christoliane et s'arrêta devant l'unique café-hôtel du bled. A cette heure creuse, l'établissement était presque vide. Trois vieux somnolaient en jouant aux cartes, à une table dans un coin de la salle basse et sombre; au zinc, l'ivrogne du patelin, un canon de rouge devant lui, racontait sa vie à la patronne qui, plongée dans un magazine, ne l'écoutait pas. Chavadou commanda une bière en bouteille. Il demanda innocemment ce qui se passait dans la montagne. Il fut vite renseigné.

— Les pétitions n'ont rien donné, fit la patronne en levant le nez de son *Modes et Travaux*.

— Quelles pétitions? questionna Chavadou.

— Comme ça, s'il y a une gueguerre, fit le poivrot, on est bons pour recevoir la première bombe atomique chinetoque sur le coin de la gueule!

— Et pourquoi?

— Une base de choses..., de missiles, de fusées qu'on construit, monsieur, dit la patronne. C'est juste pour des essais, remarquez, mais tout de même... Toute une partie de la montagne appartient à l'armée.

Elle alla chercher un journal de l'époque où les travaux avaient été décidés et le tendit à Chavadou. Il vit le périmètre militaire en forme de triangle, avec le nom du patelin situé à chacun de ses sommets. Il sursauta. D'après le plan qu'il avait en tête, la ferme des Pogolelli se trouvait à proximité du bord de la figure géométrique, mais à l'intérieur.

« Merde alors! »

— Et ces travaux? demanda-t-il. Ils vont durer longtemps?

— Des mois et des mois, répondit la patronne. Remarquez, pour le commerce de Christoliane, ce n'est pas mal...

— Des mois et des mois... Eh bah!...

— Vous vouliez aller vous promener par là?

— J'ai des parents... vers Tarraud...

Dans le café, tout le monde éclata de rire. La patronne, l'ivrogne, les joueurs de brèmes. Chavadou se regarda dans une glace piquée de chiures de mouches et de papillons de nuit écrasés. Il était vraiment le seul à ne pas rire.

— Des parents près de Tarraud? fit la patronne. Mais vous avez eu de leurs nouvelles il y a longtemps?

Chavadou regarda tous les visages hilares. Visiblement, on ne le croyait pas, on le prenait pour un bon galéjeur.

— Longtemps? Oui, assez... Je rentre d'Amérique. Je ne les ai pas vus depuis des années.

— Autour de Tarraud, c'est le vide complet, mon bon monsieur. A Castelade, à Vignolles, à Saint-Cyprien, c'est pareil. Tous les gens ont été expropriés et indemnisés. On les a relogés dans la région. Vers Apt... Vers Sault...

— Et les maisons? haleta Chavadou qui la trouvait de plus en plus saumâtre.

— Toutes rasées la semaine dernière. Il n'y a plus qu'un énormes tas de décombres. Les pelles mécaniques déblaient tout ça. C'est pas un petit travail!

Ç'avait l'air de les amuser. Chavadou songea qu'il

devait faire une drôle de tête pour que la patronne lui dise :

— Rassurez-vous, monsieur. Elles étaient vides, les maisons. Ça! faut dire que y'en reste plus grand-chose! De la pierraille, quoi!

Il était mûr pour s'évanouir de dépit quand — suprême espoir — il se souvint que, d'après les indications de Féli, la Ferme des Etoiles se trouvait très à l'écart du village, en pleine nature, à cinq ou six cents mètres sur le plateau.

Il hésita, puis demanda, voulant être fixé une fois pour toutes :

— La Ferme des Etoiles, vous connaissez?

Il rectifia :

— L'Oustau des Estello... Une très vieille ferme...

La patronne fit la moue, fouilla dans sa mémoire. Visiblement, ça ne lui disait rien. Au soiffard non plus. Dans le fond de la salle, les trois vieux cherchaient, échangeaient des souvenirs, se citaient des lieux presque oubliés. Un des trois finit par lancer :

— C'était pas la ferme au père Pogolelli? Pas l'Anselme.. Le vieux... Amédée...

— C'est ça, dit Chavadou, prudemment, restant sur ses gardes.

— Les trois petits-fils, on sait pas ce qu'ils sont devenus, dit un autre vieux. Sûrement morts. La ferme ne tient presque plus debout. La dernière fois que je suis passé par là... Oh! c'est loin! Ça doit remonter à juin-juillet 63 ou 64... Elle n'était pas belle à voir. Presque une ruine. De temps en temps, des bergers y couchaient...

— Mais elle existe toujours? demanda Chavadou, anxieux.

74

— Ça oui... Mais comme je vous le dis, c'est inhabitable... C'est revenu à la commune... Ça dépend d'ici, d'ailleurs, de Christoliane... Dans le temps, y paraît que c'était une belle ferme. Mon père m'en parlait....

— On va la faire sauter dans quelques jours, ajouta un autre vieux qui avait l'air de s'en foutre éperdument.

Le Cantalou sursauta et s'en voulut. Il ne devait surtout pas laisser paraître son émoi. Il s'efforça de rester impassible. Il avala un peu de bière :

— On va faire sauter la ferme?

— Ce qu'il en reste. Vous savez, c'est pas après la ferme du père Amédée qu'ils en ont, ces messieurs de l'armée ..

Tout le café — sauf Chavadou — se tint les côtes pendant une demi-minute.

— C'est la falaise de roches qui est juste au-dessus qui va sauter..., continua le vieux, tout en cherchant une carte à abattre sur le tapis. Avec leurs choses à la glycérine... Des explosifs très puissants. Comme à Génissiat ou à Donzère, à ce qui paraît. Alors, vous pensez, la ferme, quand elle va recevoir tout ça sur le dos, hein! on en retrouvera plus grand-chose! Y aura comme qui dirait cinquante mètres de rochers dessus!

Là-dessus, tout le monde se remit à rire. Le Cantalou avait jeté une pièce sur le comptoir. Il était déjà dehors.

Il laissa sa voiture au bord de la route. Il consulta son plan et se rendit à pieds vers l'Oustau des Estello. Le passage était bouché par des gendarmes qui discutaient avec des sous-offs du Génie. En se dissimulant derrière une ligne de rochers, Chavadou emprunta un sentier de mulets et descendit jusqu'au bord du ravin. Il aperçut l'ancienne ferme en contrebas; la toiture en était en partie crevée, mais les murs tenaient encore debout. L'habitation était moins en ruines que Chavadou ne l'avait redouté. En tout cas, elle était toujours là, et, pour Chavadou, les bergers de passage qui avaient campé dans la maison depuis l'été 1944 ne s'étaient certainement pas amusés à en sonder les murs. Le coffre aux barres d'or — si Féli n'avait pas menti — se trouvait dans la cave, dans le roc, bien caché.

Chavadou leva la tête et regarda l'énorme masse de pierre, haute d'une quarantaine de mètres, qui se dressait derrière la vieille ferme, tel un monstrueux menhir. Aux dires des gens du bistrot, dans quelques jours, tout cela allait s'écrouler sur la bâtisse qui, du coup, allait être recouverte par plus d'un million de mètres cubes de roches. Même avec toutes les pelles mécaniques du monde, il faudrait alors des mois et des mois pour creuser jusqu'au coffre. Au coffre devenu quoi? De la poussière d'or et de métal qui se disperserait au moindre coup de mistral.

Chavadou, planté face au paysage accidenté, sentit sa pomme d'Adam descendre et remonter dans sa glotte. Il n'avait que quelques jours pour prendre une décision. Mais ce coffre, il voulait le voir de ses yeux. Il lui fallait descendre jusqu'à l'extrême bord du ravin, suivre le sentier, entrer dans la ferme; tout cela en évitant d'être vu par les trouffions et les pandores. Quelques coups de pic dans le mur de la cave et il en aurait le cœur net.

Il se souvint qu'il n'y avait pas d'outils dans

le coffre de sa voiture. Il n'allait tout de même pas gratter le mur de la cave avec ses ongles!

« On a beau être Auverpin et aimer l'artiche, se dit-il, on n'est pas des termites! »

Il avisa une petite baraque serrée contre la ferme; d'après les renseignements donnés par Féli Pogolelli, c'était là que le patriarche rangeait ses outils. Avec un peu de chance, il y trouverait de quoi attaquer un mur.

Il descendit le sentier rocailleux qui bordait le gouffre et menait à l'Oustau, plus bas. Il parcourut le chemin en se dissimulant tant bien que mal derrière des roches Il put voir, en haut de l'impressionnant mur de roc, des têtes de sapeurs ou de terrassiers, groupés près des pelleteuses et des excavatrices; des marteaux-piqueurs en action faisaient un bruit assourdissant et un gros nuage de poussière blanche et grise montait vers le ciel. En regardant l'immense muraille, Chavadou comprit qu'on n'allait pas perdre du temps à attaquer ce monument à la pioche ou à la pelle, fut-elle mécanique; il était évident que les gars du chantier allaient avoir recours à la nitro, comme pour l'édification des barrages et le percement des tunnels; en quelques secondes, la barrière de granit disparaîtrait.

Les mains en partie écorchées, le fond de culotte blanc de poussière, Chavadou parvint à la ferme. La porte branlante de la bâtisse était retenue par une chaîne rouillée. Chavadou fit sauter la porte d'un coup de pied. Il entra dans la salle commune où flottait une odeur de moisi; il y avait encore une table à laquelle il manquait un pied, deux bancs, un buffet déglingué; le plafond bas était tendu de toiles d'araignée; dans un coin, de vieux sacs de jute et un tas de paille pourrie indiquaient une ancienne literie de bergers.

Chavadou regarda sous la voûte l'escalier qui descendait à la cave. Il sortit, contourna la ferme, entra dans la petite cabane. Il trouva des outils au fer rouillé, mit la main sur une pioche, revint dans la maison.

Il craqua une allumette et se rendit dans la cave; en bas, il vit une bouteille avec une bougie fichée dans le goulot; il l'alluma. Il marcha droit au mur qui faisait face à l'escalier. Le ciment était intact, presque propre.

Il leva son pic et, à la lueur de la bougie, attaqua le mur, juste au centre.

De retour à sa voiture, Chavadou constata qu'un de ses pneus était crevé. Il essuya le bas de son pantalon, plein de terre et de poussière, regarda ses mains couvertes d'écorchures et d'ampoules. Il avait pioché dans le mur pendant près de vingt minutes avant de découvrir le coffre blanc de plâtre; il était resté une bonne heure en contemplation devant le coffiot et en avait tourné les boutons dans tous les sens, en vain. Il n'avait pu l'ouvrir. Et puisqu'il n'en connaissait pas le chiffre, il s'était fait une raison. Mais le coffre était bien là. Féli ne lui avait pas raconté de boniments. Il avait rebouché sommairement le trou en s'efforçant de faire se maintenir les blocs de plâtre; évidemment, en entrant dans la cave on se rendait tout de suite compte qu'on avait touché au mur.

Il regarda encore son pneu détérioré et décida de confier le changement de roue et le rechapage au garagiste du patelin.

La nuit était tombée. Le bistrot était plein de sapeurs en treillis et de terrassiers encore casqués. C'était l'heure du coup de feu. Chavadou pensa que les patrons devaient faire de bonnes affaires. Il passa au garage, puis se rendit dans le troquet, fendit les groupes de grivetons et d'ouvriers qui se désaltéraient et se plaça à un bout du comptoir, près d'un groupe de gendarmes décontractés. Tout en sirotant son Ricard, il tendit l'oreille. Sans avoir l'air d'y toucher, il restait très attentif. Il y avait un brouhaha terrible. Les conversations allaient bon train, émaillées de plaisanteries salées adressées en particulier à la patronne, seule femme présente. En moins de cinq minutes, Chavadou eut la confirmation de ce qu'il avait appris quelques heures plus tôt. Une explosion fantastique allait se produire d'ici peu. Grâce à des kilos de nitroglycérine, ce qu'on appelait là barre des Berrats, l'énorme muraille de roche, allait sauter et dégager le terrain.

Et ça tomberait où exactement, tout ce roc ? Chavadou posa la question à son voisin, un petit aspi du Génie. Celui-ci se fit un plaisir d'expliquer à Chavadou que, vu l'angle de ceci et l'attraction de cela, la roche projetée en l'air retomberait dans le ravin et sur ce qui le bordait.

Et sur ce qui le bordait : l'Oustau.

— Et c'est pour quand ce feu d'artifice ? demanda Chavadou en s'efforçant de sourire.

— Samedi à midi.

On était mardi soir.

« Trois jours et demi », se dit Chavadou, mal à l'aise.

— Ça peut être retardé non?

— Pas possible. Les équipes sont déjà prêtes.

— Les équipes?

— Les dynamiteurs, tiens. Redonnez-moi un petit perroquet, patronne.

— Dites donc..., fit Chavadou.

Il se passa la langue sur ses lèvres sèches et continua :

— S'il y a un passant là-dessous au moment de...

— Pas de danger, dit l'aspirant. D'abord, depuis hier matin on n'a plus le droit de passer. C'est zone interdite. Notez bien que des gosses, des curieux passent quand même... On ferme les yeux. Pour l'instant, il n'y a pratiquement pas de danger. Mais dès vendredi soir minuit, tout sera bouclé. Le terrain sera fouillé. Pas un lézard ne passera. On veut éviter les accidents, hein. Ça se comprend.

— Vous l'avez dit.

« Vendredi minuit. Ça fait plus que trois jours, ça », se dit Chavadou.

— Et si quelqu'un passait quand même? insista-t-il.

— C'est zone militaire, hein... On n'est pas des gamins. Nul ne franchira la limite.

« Moi non plus, je ne suis pas un gamin, se dit Chavadou. Mais, bon Dieu, comment je vais faire? »

— On fera comme partout, poursuivit l'aspirant. Je ne sais pas si vous connaissez les réglements... On peut très bien ouvrir le feu. Mais je ne sais pas pourquoi on parle de ça. Personne ne se risquera à entrer dans la zone rouge. Toute la région a été prévenue.

— A midi pétant, samedi, tout saute! lança joyeusement la patronne.

— Faudra mettre du sparadrap sur vos carreaux, madame Francine! lança un grand adjudant à la mine réjouie.

A cette bonne plaisanterie, tout le monde éclata de rire. Sauf Chavadou.

— Et nous, ajouta le juteux, les piafs du Génie, on est précis. Midi c'est midi. C'est pas midi cinq!

La salle éclata encore de rire.

« Quelle bande d'enflés », se dit Chavadou.

Il se regarda dans la glace décorée de chiures de mouches; il était jaune. Il avait presque envie de vomir. Il sortit du café et alla chercher sa voiture au garage.

Nuit de mardi au mercredi

Après s'être restauré à Apt, le Cantalou fonçait à 145 sur Paris, au volant de l'Opel. Jamais — même au moment du braquage de Nice, en juin 57 — il n'avait tant cogité. Du coup, il en oubliait de se mettre en code avant de croiser un véhicule venant en sens inverse, et, quand c'était un camion, il recevait la lumière des phares du gros cul en plein visage et poussait un juron.

Il gambergeait à toute allure, ne sortait plus du labyrinthe de ses pensées, les mains crispées sur le volant, fonçant à tombeau ouvert sur Lyon.

« J'ai trois jours pour agir. Et pas en lambinant! J'aurais peut-être dû rester dans le coin? Non... Il me faut l'avis d'Alex. Je suis vraiment un peu paumé. Il me faut à tout prix son avis. Je pouvais tout de même pas m'amuser à lui téléphoner tout ça... Et pour ouvrir le coffiot en trois jours dans de telles conditions, y a pas de bon Dieu, il me faut le chiffre. Pour que l'opération se fasse en moins de dix minutes. On descend dans la ferme. Grâce au chiffre, le crapaud est ouvert en quinze secondes. On transporte les barres dans quatre bonnes valoches. Je fous la tire tout près du sentier de façon à ce qu'on n'ait pas à trimbaler le jonc pendant une borne... Le tout prendra dix minutes — un quart d'heure à tout casser. Tandis que sans le chiffre... faut compter au moins une semaine. Faire sauter le coffre? Piquer de la dynamite dans le chantier? Sans être vu! Sans être entendu! Tu vas où, Dieudonné? Ça serait-y que tu deviendrais gaga? Et un coffre-fort qui saute, ça fait du bruit. En vingt secondes, t'aurais une armée de C.R.S. ou de grivetons dans la ferme! »

Il longea Lyon endormi par l'autoroute qui borde la ville à l'est, traversa Caluire-et-Cuire, fonça sur Villefranche.

« Il me faut le chiffre. Et vite! Je dois retrouver coûte que coûte ce gonze qui m'a abordé dans le train en venant du Havre. Comment déjà?... »

Il parcourut sept kilomètres sans pouvoir se souvenir du nom du type parfumé.

« Ah! Marcuzzoli! Ça y est. Evidemment, de la façon que je l'ai envoyé se faire foutre .. il va peut-être se faire tirer l'oreille. Mais avec la promesse d'un partage, y a pas de raison pour qu'il ne marche pas. Mais je vais le trouver où, ce gazier? Si on m'avait dit que j'aurais besoin de cette lope... Je vais le choper où, moi, ce mecton? C'est pas des semaines et des semaines, que j'ai devant moi, c'est trois jours! Et les autres putains de Malurous qui ont dû se mettre à me chercher... Ça a l'air encore plus coton que le braquage de Nice, cette histoire de barres d'or! Pourtant... Un milliard! Faut quand même pas débloquer! Faut pas laisser ça là. »

Il sursauta :

« Et si le coffiot était vide? »

Mais il se rassura aussitôt en revoyant l'air sincère, franc comme du bon pain, de Félicien Pogolelli. Un type qu'il avait jugé droit, propre, régulier. Et, en lascars, le Cantalou prétendait s'y connaître aussi bien qu'en fromages d'Auvergne, ce qui n'était pas peu dire.

A l'aube, l'Opel entra dans Paris par le couloir « Porte d'Orléans » de l'autoroute du Sud. Chavadou fonça sur le périphérique en direction de la porte de Versailles, où demeurait le Charbonnier.

VI

Mercredi

Dès le mardi matin, Sco Bellaf s'était rendu rue de Javel, son Blackhawk 357 glissé dans une ceinture, sur le côté. D'un petit café, il avait observé discrètement la cour des établissements Assauzac. Il n'avait pas tardé à repérer l'ami du Cantalou, un type trapu à la figure noircie par une énorme moustache. Il s'était dit que le Charbonnier ne pouvait que le mener au Cantalou et, en filant le train au bacchantais...

Le jour se levait.

Chavadou vit les premiers boulots, la mine encore endormie, les yeux à peine décrottés, ayant la trouille de commencer en retard leur petite journée de réclusion, courir à leur autobus ou à leur métro.

L'Opel longea le Parc des Expositions, à la porte de Versailles, puis se gara en double file dans l'Avenue Ernest Renan, où habitait Assauzac.

Le Charbonnier était au lit avec une femme. Une

bouteille de whisky presque vide était posée sur la table de nuit. Assauzac regarda sa partenaire endormie puis se vit dans la glace installée le long du plumard. Sans être particulièrement séduisant au cours de la journée, au réveil, il n'était jamais beau à voir. Il grimaça en voyant sa face bouffie, ses grosses poches sous les yeux. Vraiment pas jojo, qu'il était! Il jugea qu'il était grand temps de se retirer de l'anthracite et d'aller se refaire une santé dans le Cantal, pays où l'air est pur.

Il alluma une cigarette, histoire de chasser les relents nauséabonds qu'il avait dans la bouche, se servit un whisky. Il allait porter le verre à ses lèvres quand on sonna. Il écouta, attendit. Encore quatre coups de sonnette impérieux.

« Qu'est-ce que c'est que ça? Le laitier? Il est à peine sept plombes! »

Il se leva, mit sa vieille robe de chambre, enfila ses charentaises, prit dans un tiroir son calibre 32, vérifia le cran de sûreté, et alla jeter un coup d'œil à la porte par le voyeur.

« Dieu! »

Il ouvrit précipitamment.

— Excuse-moi, vieux, bredouilla Assauzac. Je suis en compagnie...

— Laurette?

— Oui.

— Je t'attends au bistrot en bas. Fringue-toi en vitesse. Ça urge.

— J'ai pas pu passer rue de Patay.... J'étais sûr que tu ne rentrerais que...

— T'as eu raison. Je rentre à l'instant.

— Comment ça s'est passé?

— Magne-toi, je te dis! Y a un mastic.

— Merde! Entre. Tu ne me déranges pas. Et c'est plus prudent que tu attendes ici...

Assauzac fit entrer Chavadou dans un salon poussiéreux. Par une porte entrouverte, le Cantalou aperçut la jeune femme qui, réveillée, s'était levée. Il reconnut Laurette; elle était à peine vêtue; il tressaillit en constatant qu'elle était plus belle que dix ans plus tôt...

*
**

En bas, dans la rue, Sco Bellaf attendait au volant de sa D.S. A force de faire le poireau, il avait failli s'endormir. Il était là, garé près de l'immeuble où habitait Assauzac, depuis une heure du matin. Et il en était sept! Vers une heure et demie, il avait vu le Charbonnier arriver en 404 et descendre de voiture en compagnie d'une jeune femme. Un peu avant sept heures, une Opel s'était arrêtée en double file. Un type en était descendu pour foncer vers l'immeuble du Charbonnier. Sco avait parfaitement reconnu le Cantalou, malgré la silhouette un peu voûtée que le gars de Saint-Flour n'avait pas dix ans plus tôt.

« C'est bien lui! s'était dit Sco. La vache! Dix berges! Il a à peine changé! S'agit pas de se faire entuber... »

Il s'était tenu prêt à embrayer.

Il n'eut pas longtemps à attendre. A 7 heures 10, il vit le Cantalou et son copain sortir de la maison et monter dans l'Opel qui démarra aussitôt.

La D.S. suivit.

Dans l'Opel de location, Chavadou raconta rapidement son voyage à Assauzac et énuméra les sérieux inconvénients qui se présentaient.

Sco les suivit jusqu'à Vincennes, chez Bostano, location de voitures sans chauffeur. De loin, il vit le Cantalou rendre l'Opel. Les deux Auvergnats repartirent à pied. Sco essaya de les suivre en voiture, mais il dut bien vite renoncer à sa filature; les deux amis venaient de s'engager dans une rue en sens interdit. Et comme la D.S. de Sco se trouvait coincée entre deux camions, l'Espagnol ne put quitter son véhicule. Il se dit qu'il retrouverait facilement Chavadou. Il eut une idée. Il se rendit chez Bostano. Il mit sa voiture dans le parking voisin et rechercha l'employé, un petit brun, à qui Chavadou avait remis l'Opel Rekord. Il s'approcha du type. L'Opel était encore là, pleine de boue, couverte de la poussière d'une longue route, des tas de lucioles collées sur le pare-brise.

— Je cherche une Opel... Tenez, celle-là irait très bien. Elle est libre?

— Il faut passer au bureau, monsieur. Mais celle-là n'est pas libre pour l'instant. Elle est en rentrée. Elle doit passer au lavage et à la révision.

Toujours souriant, Sco fit prendre l'air à sa superbe dentition et offrit une cigarette blonde à l'employé :

— Elle est sale, dites! Elle a dû faire une sacrée virée!

Sco s'était dit que, un coup de pot étant toujours possible, il fallait essayer.

— Elle vient de loin? demanda-t-il négligemment.

— Le client était très content. Parti vers 22 heures, il a pratiquement fait le trajet d'une traite.

Tout à l'heure, Sco avait vu le Cantalou discuter avec le jeune type et constaté que celui-ci avait l'air assez bavard. Chavadou, pourtant très prudent de nature, avait-il indiqué l'endroit exact où il s'était rendu? La chance était avec Sco. L'employé ouvrit la portière de l'Opel, prit une facture de garagiste restée dans la boîte à gants.

— De Christoliane, tenez, qu'il est parti le client. C'est pas ici, hein! Il a fait réparer un pneu.

— Christoliane? C'est où, ça?

— Vaucluse... Tenez, c'est sur la facture.

— C'était sur sa route...

— Non, son point de départ. Il me l'a dit. On a parlé un peu du coin. Moi, je suis de Forcalquier, et c'est pas loin... Christoliane, c'est près d'Apt.

Sco eut envie d'éclater de rire. De toute façon, s'il n'avait pas obtenu ce tuyau de premier choix, il se serait arrangé pour éclairer sa lanterne autrement.

« Ma parole, se dit-il, il perd le nord, le Cantalou! Raconter comme ça où il est allé! Evidemment, avec le jeunot, simple employé de maison de location de bagnoles, il ne s'est pas méfié... Pourtant, les flics viennent souvent se rencarder dans ce genre de boîtes... Il y a le secret professionnel, bien sûr... »

Pour ne pas éveiller la méfiance du jeune type, Sco se mit à parler d'autre chose. Puis il déclara que pour une location d'Opel, il repasserait dans un quart d'heure. Le temps d'avaler un café et quelques croissants.

— A votre service, monsieur.

En montant dans sa D.S., Sco riait encore. Il s'arrêta devant la première librairie, acheta la carte Michelin 81, région de Forcalquier. Chercha un village appelé Christoliane, près d'Apt. Il mit vite le doigt dessus. Il se demanda si c'était le bon bled. Le Cantalou s'était-il vraiment rendu là? Il se parachuta à toute allure rue de Tocqueville où se trouvait le studio de Roger Bouchoux dit Locomotive Brown, un des yéyés manqués de son écurie minable.

En chantant, Locomotive Brown avait fait parler de lui pendant trois semaines, le temps d'un été, puis on l'avait oublié. Aucun talent. Rien. Mais le gosse, une petite tante qui se camait, était tombé sous la coupe de son agent. Sco Bellaf le tenait très serré, pour des histoires de drogue et de partouzes avec des mineurs. Locomotive Brown avait marché et était devenu l'homme à tout faire de l'Espagnol. Le jeunot était vicieux, avec un très mauvais fond, sans scrupules et ambitieux. Peu à peu, Sco lui avait dévoilé en partie ses activités en marge de la loi. Et Locomotive Brown était entré au service — très spécial — de son mentor.

Rue de Tocqueville, Sco sortit Locomotive Brown de son lit, vida à coups de pied au derrière les trois petits pédocs qui étaient écroulés dans un coin du studio et chargea la Locomotive d'une mission.

Evidemment, l'ex-yéyé en croquait plus par vice et vénalité que par anomalie glandulaire. C'était un type de un mètre soixante, très blond, un peu gras, avec de gros yeux bleus.

Sco emmena le gars dans son bureau des Champs-Elysées. Bouchoux savait qu'il avait intérêt à filer doux, surtout que M. Sco l'avait à la bonne et lui avait offert tout récemment un joli coupé Triumph GT 6.

La mission du gars Locomotive : filer au volant de

sa Triumph jusqu'à Christoliane (Vaucluse). Enquêter dans l'unique café-hôtel du patelin ainsi que chez les commerçants et, par là, chercher à savoir si Dieudonné Chavadou dit le Cantalou n'était pas passé dans le coin au cours de la journée de mardi; ne pas oublier de questionner le garagiste du bled chez qui Chavadou était censé avoir fait rechaper un pneu. Renseignements obtenus ou non, appeler Sco à son bureau ou chez lui; le tenir de temps à autre au courant de la marche de l'enquête. Et ne pas faire le mariole. Se tenir peinard. Marcher droit. Sinon, gare au « dossier ».

Sco remit un automatique 45 à la tante.

A 9 heures, la petite voiture de sport s'engageait sur l'autoroute du sud.

Au milieu de l'après-midi, le téléphone de l'agence *Paris-France-Vedettes* sonna. Sco Bellaf était seul dans son bureau. Il avait encore donné campos à la dactylo. Il décrocha vivement. On lui parlait d'un bistrot de Thuyres, patelin voisin de Christoliane. C'était Brown. Il avait fait vinaigre. Sco se rendit vite compte que le petit homme s'était fort bien débrouillé. Un type qui ne pouvait être que le Cantalou — et des gens avaient vu l'Opel Rekord garée près du café-hôtel — s'était pointé la veille à Christoliane; il avait fait deux haltes au troquet, s'était renseigné sur une ferme du nom de Oustau des Estello.

Brown parla d'importants travaux effectués en partie par le Génie militaire, à proximité de Christoliane. La route de la montagne était pratiquement barrée, en tout cas le serait de façon définitive dès vendredi à minuit, avant l'explosion prévue pour samedi à midi.

« Il n'y a pas à s'y tromper », se dit Sco, persuadé que le magot était planqué dans le coin. Il comprit que le Cantalou était allé faire une petite reconnaissance.

— Il est allé se balader près du chantier, ajouta Brown. Il est revenu deux heures après. Il avait plein de terre et de traces blanches sur son froc et son imper...

— Dis donc, coco, t'en as des renseignements! s'exclama l'Espagnol. T'as su tout ça par qui, bijou?

L'autre pouffa dans l'appareil :

— J'ai pas perdu mon temps! J'ai copiné avec un brigadier de gendarmerie... Un petit blond-roux choucard en diable... Un Viking, mon cher! Il était au troquet, le soir, quand ton Cantalou est venu...

— Fais gaffe, violette. Va pas débloquer avec les Schmits! T'appelles d'où, exactement? Une poste?

— Je suis dans un autre bled. Dans un troquet. Il n'y a rien à craindre. Prends-moi pas pour la dernière des pommes, Sco. Je sais que ton affaire est sérieuse.

D'après les dires de Locomotive, une seule route aboutissait à Christoliane; ensuite, c'était le chantier — autant dire le désert.

Sco donna à Brown l'ordre de rester à Christoliane, de prendre une chambre, et d'attendre. S'il voyait le Cantalou, il devrait le suivre et l'abattre dans un endroit isolé, planquer le corps, puis regagner Paris.

Il fallait sans attendre faire parler Marcuzzoli.
Obtenir le chiffre. Foncer dans le Vaucluse. Chercher
la ferme. Mettre la main sur le coffiot, l'ouvrir et le
vider. Il importe de faire très vite. Brown n'avait-
il pas parlé de gigantesques travaux effectués par
l'armée? Cette bon Dieu de ferme se trouvait peut-
être en plein dans le chantier. L'entreprise n'allait
sûrement pas être facile.

Sco hésita. Et en allant tout de suite à Christoliane?
Le chiffre, il allait l'obtenir par Marcuzzoli, c'était
du tout cuit. Mais le Cantalou pouvait se pointer
là-bas, les déranger... Si Chavadou restait en vie, il
allait défendre son trésor avec une fureur de fauve
blessé, ruer dans les brancards, et, dans cette perspective, les Malurous risquaient d'avoir pas mal d'Auvergnats de Paris sur le poil. Donc, mieux valait l'effacer
alors qu'on l'avait sous la main, à Paris. S'il se rendait à Christoliane, Locomotive Brown risquerait de
le manquer, et même de se faire posséder par le
moustachu qui n'était pas tombé de la dernière pluie.

Sco, bien décidé à ne pas perdre de temps, se pré-
para à prévenir les quatre autres Malurous et à faire
parler Marcuzzoli.

VII

Sco se mit à penser aux Malurous.

Après le coup foireux de Nice, les cinq complices de Dieudonné le Cantalou étaient montés à Paris. Les cinq hommes, qui n'avaient jamais retrouvé l'occasion de se consacrer à une affaire aussi rentable que celle du fourgon blindé, s'étaient peu à peu rangés en exerçant des activités tolérées par la loi. Naturellement, tout en ayant choisi un job, ils n'avaient pas tout à fait rompu avec le mitan ni renoncé à prendre un jour leur revanche; ils attendaient une aubaine.

Vargaignas le Marseillais tenait un stand de voitures d'occasion près de la porte Maillot. Spyros Constantinidis, le Greco-Marseillais, était propriétaire d'un « bains-douches », rue de Flandre. Louis Ambroise dit l'Orphelin, le pupille de l'Assistance, était garçon dans un grand café des Ternes. Hammagui le Tunisien était devenu le gorille-secrétaire-chauffeur d'une vedette de la chanson et de l'écran.

Sco téléphona à Vargaignas qui se trouvait au milieu de ses voitures retapées, près de la porte Maillot, en train d'arnaquer un acheteur, à Constantinidis, à son « bains-douches », à Ambroise l'Orphelin, à la brasserie de l'avenue de Wagram qui l'employait. Puis il alla voir Hammagui au studio de Billancourt où le patron du Tunisien était en train de tourner quelques raccords.

Un conseil de guerre fut décidé. Le rendez-vous fut fixé à 1 heure du matin en forêt de Chantilly, dans la résidence secondaire de l'impresario.

Dans l'attente de cette réunion, Bellaf avait une chose importante à faire : joindre Marcuzzoli pour obtenir le chiffre.

L'après-midi de ce mercredi touchait à sa fin, Sco savait qu'il ne restait que très peu de temps et qu'il fallait précipiter le mouvement. Il prit sa D.S. et se rendit à l'*hôtel du Loir-et-Cher*, près du parc Montsouris, où habitait Marcuzzoli.

— Alors, qu'est-ce qu'on fabrique, Dieu?

Le Charbonnier se faisait de la bile. Il pensait continuellement à cette fortune en barres d'or qui, d'ici moins de trois jours, risquait de disparaître sous quarante mètres de roches.

Les deux hommes se trouvaient dans la chambre du Cantalou, rue de Patay. Chavadou était à la fenêtre. Il regardait les usines, les hangars, les entrepôts de ce secteur triste du treizième arrondissement. Il se retourna sur son ami :

— On a assez perdu de temps comme ça. Faut foncer là-bas. On prendra ta 404.

— Et si les Malurous nous pistent? On va quand même pas les conduire au coffiot!

— Les Malurous, s'ils nous emmerdent, on les met en l'air. Le coup de feu, tu sais que ce n'est pas mon genre, Alex. Mais c'est plus d'un milliard de barres d'or qu'il y a là-bas... Ça change tout! On file là-bas. On gare ta calèche tout près de la ferme. Le périmètre militaire ne sera vraiment fermé que samedi à zéro heure. On a donc cette nuit, jeudi et vendredi.

— La chiotte tout près de la ferme? On va se faire remarquer...

— C'est pas un problème. La bagnole, on peut très bien la laisser à trois cents mètres de là. Et on charrie les barres dans des valoches en passant par un sentier abrité par des rochers. On fera trois ou quatre voyages. C'est pas le diable. L'opération durera trois quarts d'heure, une heure. Mais il nous faut le chiffre, et vite.

— Et ce... Comment déjà?... Le Macaroni...

— Marcuzzoli.

— Oui. Bien sûr, tu sais pas où le joindre...

— C'est que non. A Saint-Lazare, quand il m'a raccroché, je l'ai envoyé balader...

— T'as eu tort.

— J'ai eu tort... J'ai eu tort... Maintenant, c'est fait. C'est pas la peine de regretter!

Chavadou tournait en rond dans la chambre, comme un lion en cage, puissant, bourru, impatient.

— Y a pas à tortiller, ce Rital, faut le retrouver. Et fissa, encore! Sans chiffre, on ne peut rien foutre. Pour trouver la combinaison de sept lettres, faudrait un mois! Et je ne me vois pas me cogner le coffiot sur le dos, sous le nez des guignols et des trouffions par-dessus le marché!

Assauzac cherchait.

— Marcuzzoli... Marcuzzoli... C'est que je ne le connais pas, moi, ce gonze... Jamais entendu parler.

— Il a tiré deux ans aux Baumettes, puis il s'est fait embaucher à l'infirmerie. C'est là qu'il a connu Féli. Enfin, je t'ai raconté tout ça!

— Il y a des Ritals, au *Giardino*, rue du Faubourg Montmartre... Peut-être que je pourrais avoir des tuyaux par là... J'ai un petit gars qui est loufiat dans le coin. Je vais essayer de me tuyauter.

Il prit son chapeau, marcha vers la porte; il se retourna sur Chavadou qui rongeait son frein :

— Tu t'emmerdes dans cette piaule, hein...

— J'en ai épais! Sortir du placard pour se retrouver ici! Manque plus que les matons! Ah! je suis gâté!

— Tu veux que je t'apporte des journaux, Dieu?

— Non, je descendrai. Ça me fera prendre l'air.

— Fais gaffe, vieux.

— Personne ne sait que je suis ici. T'en fais pas. Et j'ai ça.

Il examina son Sauer & Sohn. Il n'aimait pas ce genre de jouet; dans le mitan, tout le monde savait que le Sanflorain n'était jamais chaud pour verser le sang.

— Tu voudrais peut-être que je t'amène Laurette? sourit Assauzac.

— Je t'en prie, tourne pas le couteau dans la plaie.

— C'est une chouette môme...

— Je sais.

— A bientôt. Tu m'attends ici.

Le Charbonnier sortit. Le Cantalou se mit à penser à Laurette, une jolie Brivadoise qu'il avait vue

97

débarquer à Paris, onze ans plus tôt, quelques semaines avant son arrestation. La fille avait alors dix-sept ans. Une beauté, et l'intelligence dans le corps, et pas rien dans la tête; une môme qui avait eu tout intérêt à monter dans la capitale. Une petite fille dynamique, pleine d'autorité. « Un joli Jules en perspective », s'était alors dit Chavadou qui en pinçait pour la petite payse. Puis, à la Santé, sa première prison, il avait appris que la jeune fille s'était mise avec le Charbonnier. Et aujourd'hui, dix ans après, elle y était toujours. Un record! Parce que, l'Alex, c'était pas tout à fait le gars marrant! Avec ses dix années de supplément, Laurette avait embelli; elle s'était faite; il l'avait entrevue, à l'aube, quand il s'était pointé porte de Versailles, chez Alexis.

Il se demanda ce qui avait pu pousser une si belle femme à rester dix ans avec le Charbonnier qui, il fallait bien le dire, avec son gros ventre, ses jambes courtes, sa moustache de braconnier, ses manières de rustre, son goût immodéré pour la bouteille et son affaire qui périclitait n'était pas tout ce qu'il y avait de mieux dans l'Auvergne à Paris.

« Peut-être que c'était... en m'attendant? » se dit le Cantalou, rêveur.

Puis il hocha la tête :

« Ça y est! Je me mets à dérailler! Pas étonnant, dans cette piaule, avec les entrepôts du treizième arrondissement comme paysage! »

Il n'y avait plus qu'à attendre Alexis. Mais allait-il retrouver l'Italien?

Bellaf était passé à l'*hôtel du Loir-et-Cher* et
avait emmené Marcuzzoli. Les deux hommes s'étaient
éloignés vers les allées du parc Montsouris. En quelques mots, Sco avait appris à l'Italien qu'il y avait du
nouveau. Il lui avait annoncé qu'il connaissait la
planque du coffre-fort.

— Et c'est où? avait demandé Marcuzzoli.

— Tu le sauras en temps voulu. Alors, ce chiffre,
ça vient?

Marcuzzoli s'était fait prier. l'Espagnol avait fini
par se fâcher et, dans un coin désert du parc, il avait
saisi l'homme parfumé par les revers et s'était mis à
le secouer brutalement :

— Tu vas parler, oui ou merde? Qu'est-ce que
tu mijotes? Tu vas pas aller débiner le truc au Cantalou, des fois?

— Vous tracassez donc pas... Je vous donnerai
le chiffre une fois devant le coffre. Je vous l'ai dit.
On file là-bas. Je vais boucler ma valise, si ça ne vous
fait rien. C'est loin de Paris?

— Tu le verras bien.

— J'ai quelques petites affaires à régler. Et je
suis à vous. Pourquoi que je marcherais pas régul,
hein? Puisque c'est moi que je suis venu vous trouver! Le Cantalou m'a envoyé sur les roses, c'est donc
avec vous que je marche, pas de problème.

L'Espagnol lui dit qu'il devrait le suivre à Chantilly
pour assister à la réunion des Malurous. Il lui fixa
rendez-vous pour une heure plus tard à son bureau,
rue Pierre Charron.

Marcuzzoli retourna à son hôtel, fit sa valise en vitesse, régla sa note. Il ne cessait de se répéter le chiffre : « Marengo... Marengo... Marengo... », comme dans la crainte de devenir subitement amnésique. Où était-il, ce bon Dieu de coffre? Et si, en s'y rendant, ils tombaient sur le Cantalou? Mais, avec Sco Bellaf, Marcuzzoli se sentait rassuré. L'Espagnol était un homme de ressources.

Cependant, avant de se rendre rue Pierre Charron, l'Italien eut un doute. Et si l'Espingo essayait de le doubler? On pouvait très bien le faire tomber dans un guet-apens, tenter de lui faire cracher le chiffre, puis... Fallait tout prévoir. Pour opposer une riposte à cette éventualité, il prit une importante décision. Celle de rencontrer son pote Mâche-Toujours.

Il avait noté dans son agenda un numéro de téléphone où le joindre en cas d'urgence. Avant de l'appeler, histoire de réfléchir un brin, il alla prendre un verre au rade d'un troquet de la rue Gazan.

Mâche-Toujours... Dire qu'il ne connaissait même pas son vrai nom! Il l'avait surnommé ainsi parce que le gars avait toujours un chewing-gum dans la bouche. Il avait fait sa connaissance dans un tapis de Neuilly, quelques semaines plus tôt, en décembre, alors qu'il avait donné sa démission de l'infirmerie des Baumettes. Au cours d'une partie de pok', Marcuzzoli avait vu Mâche-Toujours tricher en dissimulant une carte. Prudent — il avait les embêtements en horreur — il s'était tu. Le mangeur de gomme avait pris cela pour une marque de sympa-

thie, un signe d'accord tacite, et, reconnaissant, à l'issue de la soirée, il avait assuré l'Italien de sa gratitude. Les deux hommes étaient devenus potes et s'étaient retrouvés dans d'autres tapis. Par la suite, Mâche-Toujours, correct, avait renvoyé l'ascenseur en prêtant de l'argent à Marcuzzoli qui était dans une mauvaise passe. Et la journée, qu'est-ce qu'il pouvait bien faire de ses dix doigts, le gars Mâche-Toujours, Marcuzzoli ne l'avait jamais su. Un peu mystérieux, le loustic. Marcu n'avait pas insisté, sentant que son nouveau copain n'aimait pas les questions trop précises. Le gars lui avait tout de même donné un numéro de téléphone : « Si t'as un ennui important.... et si tu sais pas où me trouver... appelle à ce numéro... Tu demandes le chouchou à Léone...

— Qui c'est, Léone?

— Personne. C'est un mot de passe comme ça... On t'indiquera la marche à suivre...

Pas très finaud, Marcuzzoli n'avait pas cherché à en savoir davantage. Et puis, Mâche-Toujours l'impressionnait un peu.

Son verre vidé, l'homme parfumé alla prendre un jeton. Il avait arrêté sa décision. Prévoyant une perfidie de Sco, il mettrait dès ce soir son pote Mâche-Toujours au parfum. Il lui donnerait même le chiffre. Mais allait-il le trouver? Et auraient-ils le temps de discuter? Ça paraissait un peu court, surtout que Sco l'attendait rue Pierre Charron. Mais en faisant vite, peut-être que...

Il eut une bonne femme à la voix éraillée au bout du fil :

— Il est pas là, le chouchou à Léone...

— Ça presse. Vous ne savez pas où je pourrais le joindre?

— Peux pas vous dire... Y passe plus guère par ici...

— C'est très urgent!

La bonne femme soupira, puis :

— Si c'est si urgent, faites-lui un mot. Sur l'enveloppe, vous écrivez « le chouchou à Léone »... Et vous lui fixez rendez-vous. Jour. Endroit. Heure. Il y sera.

— Mais je dois m'en aller... Ce soir, je serai pas à Paris. Et c'est urgent!

— Ecoutez, moi, j'peux pas vous dire mieux. Faites un mot. Déposez votre enveloppe 12, rue des Mariniers, à Puteaux. C'est tout près de la Seine. Il y a un bistrot. Un aveugle vend des biffetons de la loterie, juste devant le troquet. Refilez-y votre enveloppe, à l'aveugle. Dites-lui que c'est du courrier pour le chouchou à Léone. C'est une sorte de boîte aux lettres, si vous voulez... Votre gars, en principe, y passe là-bas tous les jours... Faites comme ça. Vous faites pas de mouron, y a que lui qui l'aura, votre bafouille. Salut!

La bonne femme raccrocha. Marcuzzoli réfléchit :

« 12, rue des Mariniers. Puteaux. Une lettre. Après tout, c'est pas si bête. Comme j'ai pas le temps d'attendre... Espérons que Mâche y passera avant ce soir, à sa boîte aux lettres... Mais pas question de lui fixer un rencart. Je pourrais pas le voir... Faut donc lui exposer le topo noir sur blanc. Seulement, faut que je me grouille... Aller à Puteaux, revenir... Et l'Espingo qui m'attend! Faut pas trop l'énerver, l'Espingo! »

Il chercha dans un annuaire le numéro de l'agence de Sco et appela l'impresario. Il le prévint qu'il serait un peu en retard, because un pote à voir à Ivry. Comme Sco gueulait, il lui expliqua que le copain lui devait du pognon, et qu'il ne tenait pas du tout à faire une fleur au mec. Sco accepta de retarder de deux heures le rendez-vous.

Marcuzzoli prit un taxi et se fit conduire à Puteaux. Il acheta du papier à lettres, des envelopppes. Dans le café du 12, rue des Mariniers, au fond de la salle, devant un Martini, il écrivit :

« *Cher Mâche-Toujours,*

« *C'est moi, ton pote Marcu, qui t'écrit. Voilà ce qui se passe. C'est archi-important...* »

Tout en regardant la petite baraque de l'aveugle qui vendait des billets de loterie, juste devant le café, il fit une lettre brève mais précise, exposa l'affaire dans les grandes lignes : Féli Pogolelli, le Cantalou, les barres d'or, l'entrevue qu'il venait d'avoir avec Sco au parc Montsouris, la réunion à une heure du matin en forêt de Chantilly, dans la maison de week-end de Bellaf, etc.

« *Au cas où il m'arriverait malheur, je t'indique le chiffre du coffre : MARENGO. Comme le veau. Je sais que tu ne le donneras pas à Sco. Essaie plutôt de t'allier au Cantalou. Peut-être que toi il ne t'enverra pas tartir. Ou agis seul si ça t'amuse...* »

« *Ton pote, Aldo Marcuzzoli.* »

Il signa, mit la lettre dans l'enveloppe. Deux minutes plus tard il était devant la petite baraque de l'aveugle.

— Une lettre pour le chouchou à Léone, dit-il.

L'aveugle prit l'enveloppe :

— Vous avez bien mis « le chouchou à Léone » sur l'enveloppe?

— Oui.

— Parfait. Il passera sûrement dans la soirée...
Si je suis parti, il prendra la lettre dans le troquet...
Vous en faites pas. La discrétion est assurée.

Marcuzzoli s'en alla à moitié rassuré. Il prit un
autre taxi pour se rendre rue Pierre Charron.

VIII

Nuit du mercredi au jeudi

Mâche-Toujours ne mâchait rien du tout. Il avait abandonné depuis déjà quelque temps sa manie de mâchouiller de la gomme du lever au coucher. Ça lui faisait mal à l'estomac. On quitte souvent un dada pour un autre. A présent, le dada du gars, c'était le sport en chambre. Tous ses moments de loisirs y passaient.

L'ex-mâcheur de chewing-gum était allongé sur le dos, au milieu d'un immense divan. Simone, une fille de poids, qui faisait bien ses quatre-vingt dix kilos, était vautrée sur lui. Il voyait dans la grande glace du plafond la souris faire sa gym. Ça lui donnait un peu le tournis. La gaillarde l'écrasait, l'étouffait presque. Elle aimait bien être au-dessus, cette grosse capricieuse.

Il pensait un peu à autre chose. Le mastodonte venait de prendre son pied. Et elle restait là, avachie!

— Taille-toi donc!

Il la chassa d'un coup de poing. Elle roula comme une masse au bas du divan et alla sur la porcelaine.

Il alluma une cigarette et regarda son corps dans la glace du plafond — il se voyait des pieds jusqu'à la poitrine. En partant, la fille lui avait jeté une couverture sur le bas du ventre.

Il pensait à ce brave Marcuzzoli, ce type qu'il avait connu dans un tapis de Neuilly. Deux heures plus tôt, il était passé à sa boîte aux lettres de Puteaux et avait trouvé la petite lettre du Rital. Comme nouvelle! Et ce pauvre Aldo qui ignorait tout sur lui! Qui ne s'était pas douté une seconde que celui qu'il appelait Mâche-Toujours faisait partie de la bande des Malurous!

« Pauvre gars! J'espère que Sco ne va pas lui faire un mauvais coup... Si je ne vois pas Marcu cette nuit à Chantilly, c'est qu'il lui sera arrivé malheur... Moi, indiquer le chiffre à Sco? Il ne me connaît vraiment pas, ce pauvre Marcu! Evidemment, il ne peut pas savoir... Il ignore que, de l'équipe de Nice, je suis le seul à ne pas marcher avec l'Espingouin... Descendre le Cantalou? Merci pour moi.

» Bien sûr, les autres Malurous n'en savent rien... Ces pommes-là se figurent que je marche derrière Sco les yeux fermés. Je cache mon jeu, tiens! Cette blague! Je suis un peu le petit traître de la bande quoi! Mais je m'en fous! De toutes leurs salades, j'en ai ras le bol!...

— Tu causes tout seul, chéri?

Il sursauta. Momone lui parlait depuis le cabinet de toilette. Inconsciemment, il s'était mis à gamberger à voix haute. Mais il n'était pas possible que la fille, au milieu de ses jets de flotte, ait pu comprendre le sens de ces paroles.

— T'occupe, poulette. Ce n'est rien... Je chantais...

Il regarda ses pieds et ses jambes dans la glace du plafond, repartit dans ses pensées :

« Moi, j'estime une chose : le Cantalou ne nous a pas balancés. Eh bien, à ça, moi, je dis chapeau! Et la cachette du blé indiquée aux flics... Ce n'est pas Chavadou. Ce n'est pas possible. Moi, j'y ai jamais cru. Le Cantalou n'est pas le gars à faire ça. Donc, je refuse de le condamner. Que Sco se démerde tout seul... ou avec les autres si ça leur chante. Le mitan, pour moi, c'est fini. Je laisse tomber tout ça. Naturellement, à leur réunion, j'irai... Agissons prudemment... Si je ne m'y pointe pas, ils vont se méfier... S'agit pas de donner l'éveil à Bellaf. Et s'il lui arrive quelque chose, à Marcu? Alors, pour le chiffre, peut-être que j'irai trouver le Cantalou... Pourquoi pas? Histoire de sabrer l'Espagnol! Cette ordure! Qui a tué le convoyeur! Ça c'est sûr! Si Sco touche à un seul tif de Marcu... c'est le Cantalou qui y gagnera. Le chiffre, j'en ai rien à foutre! Je lui balance aussi sec. »

La grosse poufiasse revint dans la chambre, une serviette de toilette enroulée autour du postère. Elle voulut, avec une délicatesse d'éléphant, se replacer sur son homme. Il la repoussa sans ménagement, se leva.

— Je me taille. J'ai un rendez-vous.

Il s'habilla en vitesse. Avant de partir, il eut soin de vérifier si la lettre de Marcuzzoli était toujours dans son portefeuille. Il fut rassuré. La fille n'avait pas fouiné dans ses papiers. C'est qu'il y tenait, Mâche-Toujours, à cette babillarde!

Dix minutes plus tard, au volant de sa 403 bleue, il roulait vers la porte de la Chapelle.

Il n'était pas tout à fait minuit.

A Paris, le Marseillais, le Grec, l'Orphelin et le Tunisien, chacun dans sa voiture, se dirigeaient vers l'autoroute du Nord.

Bellaf était déjà sur la route, nettement sorti de la capitale. Marcuzzoli se trouvait à côté de lui, sa valise aux pieds. Il pensait à son pote Mâche-Toujours et se demandait si celui-ci avait trouvé sa lettre.

La D.S. de l'impresario quitta la N. 16 après Lamorlaye et se dirigea vers les étangs de Commelle. Le véhicule dépassa les pièces d'eau et fonça sur Montgrésin. En voyant les étangs, l'Italien s'inquiéta : la voiture ne s'arrêtait pas. Il pensa subitement qu'il n'était même pas armé.

— Elle est pas par ici, ta baraque? demandat-il. Je croyais que t'avais dit près des étangs... Dis, Sco... tu m'entends?

Depuis la porte de la Chapelle, ils se tutoyaient. L'Espagnol avait joué la sympathie, l'amitié. Mais à Luzarches, malgré l'insistance de Sco, Marcuzzoli n'avait toujours pas indiqué le chiffre.

— Eh! fit Marcuzzoli. Où qu'on va, comme ça?

Silence de Bellaf. Apeuré, le petit Italien regarda la face impassible, comme figée, de l'Espagnol; en conduisant à travers la forêt, il regardait droit devant lui et faisait penser à un automate.

— On ne va pas dans ta baraque, Sco? Et la réunion avec tes amis?

La D.S. s'arrêta à un carrefour. La forêt était déserte, silencieuse. L'Italien se força à rire :

— Ah! t'as envie de pisser. C'est ça, gars!

Sans se presser, Bellaf sortit son Blackhawk, le braqua sur Marcuzzoli :

— Descends et fais pas le fanfaron.

Les deux hommes se retrouvèrent dans le faisceau des phares de la D.S. Marcuzzoli tremblait de tous ses membres.

— Qu'est-ce que tu me veux, Sco?

— Je ne te veux rien, à toi personnellement. C'est le chiffre, que je veux. Tu vas faire ta tête de lard encore longtemps? Qu'est-ce que t'attends pour le cracher, ce chiffre?

— Mais je vais te le donner, Sco, le chiffre. J'ai qu'une parole, hein... Baisse donc ce flingue, ça pourrait partir! J'attends d'être à la réunion, devant tes petits potes. Là, tu l'auras, le chiffre. Je m'en voudrais de ne pas donner ce tuyau à un grand gars comme Sco!

L'Espagnol saisit Marcuzzoli par le col et le plaqua le dos à un arbre; il lui appuya le canon de son arme sur le cou.

— Le chiffre. Et vite. Les autres ne vont pas tarder.

— Hé! merde! Fais pas l'idiot, Sco! Je suis avec toi, quoi! C'est avec toi, avec le fameux Sco, que je marche!

— Tu peux hurler. A cette heure, y a pas un plouc dans la forêt.

— Tu vas pas faire de connerie, dis!... Ah! je vois... Le chiffre, tu le veux pour toi tout seul, c'est ça? On va se partager l'or, tous les deux... C'est ça ton idée, Sco?

— Je ne te veux pas de mal, Aldo. Mais si tu persistes à la boucler, je vais te corriger.

— Alors range ton arme. Tu vas pas me corriger avec ça, dis!

Brusquement, l'Italien essaya de se dégager; en voulant le retenir, Sco se prit un pied dans une branche. Il perdit l'équilibre, faillit s'étaler. Affolé, en essayant de se retenir à l'arbre, il tira par inadvertance. Touché en plein front, Marcuzzoli s'écroula, la face enfouie dans un paquet de feuilles mortes.

— Merde! Cet enflé!... jura l'Espagnol.

Il se pencha rapidement, souleva la tête de Marcuzzoli et ne put que constater sa mort. Il se releva et, de rage, envoya un violent coup de pied dans le cadavre qui se retourna et resta la face sanglante tournée vers la cime des arbres.

— Sale branque! jeta Sco, furieux.

» Maintenant, j'ai pas le chiffre! Ah! c'est réussi!

Il réfléchit quelques secondes. Puis il alla prendre dans son coffre de voiture une vieille toile de tente et y enroula le corps de l'Italien. Il chargea le cadavre dans le véhicule et se mit au volant. Il ne tenait pas à abandonner la dépouille de Marcuzzoli à proximité de sa maison. Il roula à toute allure vers l'extrémité sud-est de la forêt, près de Morte-fontaine. Là, il sortit le fardeau macabre de la Citroën, déroula la toile; il prit les papiers du mort, les déchira, jeta les morceaux sur le corps; il prit les deux jerrycans d'essence qu'il laissait en permanence dans sa D.S. et les vida sur le cadavre qu'il avait poussé dans un petit fossé, à une dizaine de mètres de la route, sans oublier d'y joindre la valise.

Il craqua une allumette et la jeta sur le Rital. Il alluma une cigarette et resta là, un bon quart d'heure, à regarder le macchabée flamber. Il se dit que, grâce à la méthode de Monsieur Bill, les poulets mettraient des semaines, sinon des mois, à identifier la victime carbonisée.

En ayant assez de respirer la chair grillée, Sco réintégra sa voiture, fit demi-tour et fonça vers sa maison qui se trouvait à l'autre bout de la forêt.

Quand il arriva devant sa « résidence secondaire » — une vieille masure forestière retapée à la va-vite —, quatre voitures (une 403 crème, une 403 bleue, un break 1501 Simca et une I.D.) stationnaient en file indienne dans le chemin qui longeait l'habitation. Quatre des anciens de Nice étaient là à l'attendre en bavardant et fumant.

Sco s'excusa pour son léger retard. Ils entrèrent dans la salle commune de la maison. Intérieur rustique-pour-Parisiens délabré. Il faisait humide. Sco mit quelques bûches dans la cheminée, un vieux *Paris-Turf* froissé et alluma son deuxième feu de la soirée; le bois, très sec, craqua et s'enflamma rapidement. Sco fit rouler la table-bar vers ses amis déjà écroulés dans de vieux fauteuils dépareillés. Il les reluqua un à un. Depuis le coup de Nice, les cinq hommes ne s'étaient vus que rarement. Il regarda le Marseillais, un type assez fort aux sourcils épais, le Grec, petit et vif, le crâne nu, souriant presque constamment, l'Orphelin, un grand blond au nez un peu de travers, le Tunisien, enfin, solide, large d'épaules, les oreilles en chou fleur et les lèvres dessinant un continuel rictus. Quatre hommes avec lesquels — Chavadou étant le cerveau de l'opération —

il avait braqué, en juin 57, un fourgon blindé transportant la paie de plusieurs usines.

Un des quatre types assis s'inquiétait et pensait : « Aldo n'est pas là. Ce malfrat a dû le tuer. »

— Ça n'a pas l'air de boumer, dit le Grec, à Sco.

— C'est vrai, ajouta le Marseillais. T'as pas l'air dans ton assiette.

Sco leur raconta l' « incident » avec l'Italien.

— C'est de sa faute! Le coup est parti tout seul... L'accident stupide, quoi!

Il conclut :

— Le cadavre sera méconnaissable. Les poulets ne sont pas prêts de l'identifier.

Il raconta en détail l'histoire des barres d'or. N'oublia pas Marcuzzoli en possession du chiffre depuis son passage aux Baumettes, le Cantalou, la ferme dans le Vaucluse, la petite tante attendant là-bas, etc.

Il précisa, rageur :

— Mais on n'a pas le chiffre. Cette morue n'a pas parlé.

Il y eut un moment de consternation. Les cinq Malurous s'entre-regardèrent, le verre en main.

— Alors, dit le Grec, si ça doit sauter samedi, qu'est-ce qu'on fiche? Sans chiffre, on a plutôt l'air nouille!

— Sans chiffre, on est marrons, dit le Marseillais. Inutile d'aller là-bas. C'est pas demain la veille que je cesserai de vendre des tires d'occase!

— Faut avoir le Cantalou à l'œil, dit Sco. Après tout, rien ne nous dit qu'il ne l'a pas, ce chiffre.

112

— Il l'aurait eu comment? demanda Ambroise l'Orphelin.

— Va savoir... Peut-être que le Rital l'a tout de même mis au parfum. En tout cas, connaissant le chiffre ou pas, le Cantalou doit être liquidé. Après la vacherie qu'il nous a faite en 57, on ne va tout de même pas le laisser se barrer avec le jonc! Ce surnom des Malurous qui nous colle à la peau, faut une fois pour toutes s'en débarrasser. Les Victorieux, qu'on nous appellera dans quelque temps!

— T'as raison, ricana le Tunisien, sceptique.

Et il ajouta :

— Si le Cantalou n'a pas le chiffre, le coffre il va se démerder pour l'ouvrir autrement.

— Un peu juste, dites, jusqu'à samedi, fit Sco. Seulement on a une petite chance : que le Cantalou ait obtenu le chiffre autrement. Après tout, hein, rien ne nous dit qu'à Melun, le Pogolelli le lui a pas balancé, ce chiffre. Allez savoir où est la vérité, avec cette pourriture de Cantalou! Il est tellement vicelard!

— C'est vrai, ça, dit le Marseillais. Curieux qu'il ait pas voulu que le Rital lui indique le chiffre. C'est peut-être bien parce qu'il le connaissait déjà, té!

Ils continuèrent à discuter, parfois avec véhémence.

— Il est deux heures du mat', dit Sco. On est jeudi. Pour bien faire, il faudrait que, demain à cette heure-ci, le Cantalou ait cessé de gober de l'oxygène. De deux choses l'une : ou il file sans tarder à Christoliane... et, là-bas, mon petit pote le soigne, ou il reste à Paris et on le cherche.

113

— Mais s'il a le chiffre, fit Hammagui, faut pas le refroidir...

— Tout bien réfléchi, le chiffre, il devrait pas l'avoir. Vous vous figurez que, après sa virée dans le Vaucluse, il serait revenu à Paris? Allons donc!... Il aurait ouvert le coffre là-bas, une fois sur place. Il aurait planquousé son or... et il ne serait surtout pas revenu dans la capitale.

— Il est peut-être en route, fit l'Orphelin. Reparti pour la ferme... Est-ce qu'on sait ce qu'il peut trafiquer!

Sco ricana :

— Eh bien, qu'il y aille, à sa ferme! Mon petit pote dévoué l'attend dans le bled. Si le Cantalou s'y pointe, mon potiron s'en occupe... Et si jamais Chavadou a le chiffre, mon gars le butera juste après l'ouverture du coffre. Je donne dès cette nuit un coup de fil à mon petit pote... Mais, à mon avis, les choses doivent se passer à Paris.

— On va le trouver où, le Cantalou? demanda le Tunisien. Sa planque tu la connais?

— Pas encore. Mais en surveillant le Charbonnier à son entrepôt, rue de Javel, ou à sa turne, porte de Versailles, on doit pouvoir remonter jusqu'au Cantalou. Faut surtout pas s'emmêler les pédales. Rechercher l'Arverne, c'est mon boulot. Je ferai ça tout seul. Vous, vous bougez pas. Vous attendez mes renseignements. Dès que je connais la planque, je vous fais signe et on s'agite.

— Mais pour nous joindre rapidos, tu vas nous trouver où? demanda l'orphelin.

— C'est là qu'il faudra faire très gaffe. De maintenant à vendredi soir, vous restez au même endroit.

N'allez surtout pas vadrouiller dans la nature. Faut que je puisse vous toucher tout de suite, hein... Récapitulons. Indiquez chacun l'endroit où je pourrai vous toucher. Le Marseillais, d'abord...

— Je bougerai pas de ma boîte, boulevard Pershing. De jour et de nuit, tu m'y toucheras. T'as le numéro.

— D'ac! Spyros...

— Le jour et la nuit, chez moi. Le « bains-douches » de la rue de Flandre. T'as les coordonnées.

— Bien. Hammagui.

— Chez moi. Au bar du studio de Billancourt. Ou, dans la nuit de jeudi à vendredi — la nuit prochaine —, place Jeanne d'Arc, dans le treizième...

— Qu'est-ce que tu foutras par là?

— Mon patron tourne dans un film... Je suis obligé d'y aller...

— Donc, trois lieux où te toucher. Bien. Et toi, Ambroise?

— Chez moi ou à la brasserie de l'avenue de Wagram...

— Parfait. Surtout, ne bougez pas. Jusqu'à vendredi minuit. D'ici là, j'aurai certainement trouvé le Cantalou. Dès que je le repère, je vous avertis... et on forme le commando!

— On l'emmène en balade? demanda le Tunisien, sortant son arme.

Les autres l'imitèrent, exhibèrent leur flingue.

« C'est qu'ils ne plaisantent pas, ces enflés-là! pensa un des hommes — Mâche-Toujours — qui, pour faire comme les autres, avait son calibre en main. Ils veulent vraiment la fin du Cantalou! »

— Pour la balade, on verra, dit Sco. Et faudra

pas moisir à Paris, hein. Avant de le dégringoler, on essaiera de le faire bavarder. Au cas où il aurait le chiffre, par miracle... Mais on n'attendra pas une plombe. Quelques bonnes mandales dans la gueule et ça fera la rue Barbe. Si au bout de cinq minutes il n'a rien dit, on le crève.

— Il ne parlera pas, dit le Grec.

— On verra... En attendant...

Ils se levèrent, pressés, rempochèrent leur arme. La chasse à l'homme commençait.

Cinq minutes plus tard, les cinq voitures revenaient sur Paris.

IX

Jeudi

Mâche-Toujours se trouvait de nouveau — c'était du délire — dans la piaule de la grosse Simone. Il avait commis une petite dérogation. Après avoir quitté la maison de campagne de Sco, il n'était pas rentré chez lui. Tant pis pour l'Espagnol si celui-ci désirait le toucher. Il avait choisi de finir la nuit dans les bras de son veau préféré.

— Popaul est fâché? demanda la grosse fille.

Mâche-Toujours leva les yeux vers la glace du plafond et regarda le dos du tas qui était affalé sur lui.

— Tire-toi, y en a marre.

La masse de chair roula sur le côté et quitta le divan. Le type reluqua ses pieds, ses jambes et ses cuisses dans la glace. Il fit remuer ses orteils et trouva ses pinceaux vraiment ridicules. Il pensa à Sco, à Marcuzzoli. Son copain, lâchement abattu. Il ne le connaissait pas depuis longtemps, le petit Rital. N'empêche... Il l'avait à la bonne. Il allait le venger. C'était décidé. Il irait trouver le Cantalou.

Il lui donnerait le chiffre. Comme ça. Gratis. Lui, de ce trésor, il n'en avait rien à foutre. Ce qui l'intéressait, maintenant, c'était de mener une bonne petite vie honnête, bien pépère, avec de la rigolade en veux-tu en voilà en compagnie de grosses matrones bien fournies du côté roberts et popotin. Son idéal, c'était ça : les bonnes femmes un peu hystéro genre Simone. Chacun ses goûts, pas vrai! D'autres raisons le poussaient à contacter le Cantalou, à doubler Sco, à jouer les traîtres... Le petit cinéma de sa mémoire lui restitua une scène du temps jadis...

Automne 57. Le Cantalou vient d'être agrafé par les employés modèles de chez Poulardin. Bellafranca, le Grec, le Tunisien, le Marseillais, l'Orphelin se réunissent. On tient un conseil. Chavadou, c'est sûr, va être inculpé d'attaque à main armée et — pire! — de meurtre. On va lui mettre sur le dos la mort du convoyeur. Il faut empêcher cela. Cette décision d'homme honnête, c'est lui — Mâche-Toujours — qui l'a prise. Sco n'est pas d'accord. Que l'Auvergnat se démerde! Il n'avait qu'à pas se laisser prendre, etc. Mâche-Toujours insiste. Celui qui a dessoudé le convoyeur — Sco — doit se dénoncer. Et innocenter Chavadou. Sco se fâche, sort son arme et menace le « moralisateur ». Sans l'intervention des autres Malurous, Mâche-Toujours ne serait pas aujourd'hui sur ce plumard, à gamberger en regardant ses jambes et ses pieds dans la glace du plafond...

« Le fumier! Il était prêt à me buter! Sans les autres... »

Il n'avait pas oublié le geste menaçant de l'Espagnol. Après dix années, très rancunier, il y pensait encore. Eh bien, l'heure était venue de rendre à l'Es-

118

pingouin la monnaie de sa pièce. Le petit chiffre, il allait le livrer tout frais au Cantalou.

« Faut que je trouve ce gars... Le Charbonnier... Rue de Javel... Il me conduira au Cantalou. Mais s'agit pas de commettre d'imprudence. C'est le Cantalou en personne que je veux voir. Le Charbonnier a beau être le pote du Cantalou, moi, ça me suffit pas. Je le connais pas, moi, ce mec. Donc... méfiance. On ne sait jamais! Premier contact : je ne me montre pas. »

Il avait cessé de regarder ses jambes et ses pieds. Il leva les yeux et, ahuri, vit, là-haut, le monstrueux fessier de sa partenaire. Elle était revenue sans qu'il s'en rende compte! Elle avait l'air plutôt fâché.

— Eh bien, biquet? A quoi tu penses?

— A la mort de Don Juan. Décarre! Faut que je m'en aille.

*
* *

Au cours de la soirée du mercredi, le Charbonnier était passé rue de Patay, dans la chambre du Cantalou. Il revenait bredouille. Il avait employé une bonne partie de la journée à essayer d'obtenir l'adresse de Marcuzzoli. Sans résultat. L'Italien restait introuvable.

Assauzac était reparti en promettant à Chavadou de revenir le lendemain matin. Il passerait la nuit à Montmartre et essaierait de se renseigner.

Au petit matin, il n'était pas plus avancé. Dans le mitan, on connaissait mal l'Italien qui n'était à Paris que depuis peu de temps. Avant de retourner rue de Patay, Assauzac décida de faire un saut à son entrepôt,

rue de Javel. A la suite de ses haltes prolongées dans
plusieurs boîtes de Montmartre, le Charbonnier n'était
pas tout ce qu'il y a de plus frais. Ce fut en titu-
bant légèrement qu'il entra dans la cour de son
établissement. Il passa dans son bureau, ouvrit un
petit coffre-fort mural; il y avait là une centaine
de mille francs anciens. Il prit une liasse de dix
billets de cinquante, la fourra dans sa poche, referma
le coffre. Alors qu'il préparait son Alka-Seltzer, le
téléphone sonna. Il regarda l'appareil avec sa méfiance coutumière, décrocha lentement :

— J'écoute.

— M. Assauzac?

— Lui-même.

Un homme lui parlait, d'une voix un peu étouffée, impersonnelle; cependant, il lui sembla que son
interlocuteur avait un léger accent méridional.

— Ici le curé de Saint-Christophe, l'église qui est
tout près de votre entrepôt.

— Pardon?

« Qu'est-ce que c'est que cette embrouille? » se
demanda le Charbonnier.

Il vida d'un trait le contenu de son verre.

— C'est très urgent, fit la voix. Dans dix minutes,
à l'église... Dans le confessionnal... On causera un
peu...

— C'est une blague ou quoi?

— Pas du tout. Je vous attends. Entrez directement
dans le confessionnal... Vite! C'est au sujet du Cantalou.

Le « curé » raccrocha. Assauzac se demanda si
c'était de la mortadelle ou du foie de veau. Il prit
son revolver, l'empocha, sortit de son bureau...

120

Mâche-Toujours, col relevé, feutre rabattu sur l'œil, lunettes noires, sortit du bistrot qui faisait face à l'église Saint-Christophe. Il avait eu cette idée : rencontrer le Charbonnier dans un confessionnal. Si tout marchait bien, l'ami du Cantalou ne pourrait voir son interlocuteur. Le « traître » de la bande des Malurous tenait, tout au moins pour le moment, à l'incognito.

Avant de téléphoner du bistrot, il avait jeté un œil dans l'église. A cette heure matinale, la nef était déserte. Par chance, ni enterrement ni mariage. Il avait repéré le petit cabinet où l'on bavarde dans la discrétion Pour se rassurer, il plongea une main dans sa poche et sentit la crosse de son arme de poing. Il entra dans l'église, se glissa dans le confessionnal — côté curé —, et attendit.

**
*

Une main sur la crosse du calibre 32 qu'il avait en poche, le Charbonnier entra dans l'église, hésitant, prudent comme si vingt-cinq flics l'y attendaient, planqués sous les chaises et derrière l'autel; l'inquiétude qui le tenaillait le poussa à trouver au Christ un faciès de salarié de chez J't'arquepince. Il se passa une main sur le visage. « Ça va pas, non? J'ai des visions! » Le regard sévère et inquisiteur, la mâchoire de gorille et la grosse moustache façon policier 1925 du crucifié disparurent... « Un melon à la place de la couronne d'épines et des tatanes cloutées aux paturons et c'était le regretté commissaire Aniche tout craché! » se dit Assauzac. Il se traita d'imbécile et de blasphémateur. L'église était vide, voyons! Il regarda autour de lui, mal à l'aise, incommodé par l'odeur de l'encens. C'était pas souvent qu'il mettait les pieds dans ce genre d'endroit. En quelques secondes, il revit la petite église du 12e de Saint-Urcize près de Chaudes-Aigues, en mai 1927, le jour de sa première communion, l'église Saint-Julien de Brioude où, en octobre 1933, il avait assisté au mariage de sa sœur Augustine avec un chevillard d'Yssingeaux, le Sacré-Cœur, enfin, où, sept ans plus tôt, s'étaient déroulées les obsèques de Riton de Rochechouart. Ça le rendait tout chose, de se retrouver entouré de vitraux... Il prit son courage à deux mains et se glissa dans le confessionnal — côté pécheur. Il sentit la présence d'un gonze, tout près, de l'autre côté de la cloison. Naturellement, ce n'était pas un corbeau. Qui alors? A travers la grille, il discerna le contour vague d'un visage plongé dans l'ombre.

— N'essayez pas de me voir, fit le « curé ». Je tiens à rester dans l'ombre.

— On peut savoir pourquoi? demanda Assauzac qui avait reconnu la pointe d'accent méridional.

— Simple prudence. Et attention..., je suis armé. (Le « prêtre » frappa la grille avec une arme dont Assauzac put distinguer le canon bleuté.) Si vous essayez de faire le petit curieux...

— Vous faites pas de bile, mon père. Moi aussi, je suis venu enfouraillé.

— Vous êtes bien le Charbonnier ?

— Je suis le Charbonnier, mon père. (Assauzac écarquillait les yeux pour essayer de voir le visage de l'autre — en vain.) Et vous, vous êtes qui? On peut savoir?

— Je suis un des Malurous.

— Un des Malurous entré en religion?

— Non, entré dans la voie de la justice.

— Qu'est-ce que c'est que ces conneries?

Brusquement, Assauzac essaya de voir l'inconnu. Il s'était dressé, avait écarté le rideau et bondi de côté pour sortir du confessionnal, tenté d'ouvrir la petite porte du côté « prêtre ». Le « ministre de Dieu » maintint solidement la porte fermée; puis il l'entr-ouvrit légèrement. Le flingue aux tons bleus apparut. Le Charbonnier sentit le canon de l'arme à feu s'enfoncer brutalement dans son bas-ventre.

— Retournez à votre place. J'ai dit que je voulais pas être vu. Faut-y vous le bonir en latin?

— Moi, mon pote, je suis comme saint Thomas.

— Saint Thomas, il est pas dans la course. Allez vous asseoir et ne bronchez pas.

Le « rase » invisible appuya un peu plus le canon de son feu contre l'abdomen d'Assauzac.

Le Charbonnier n'insista pas et regagna sa place.

— Et si, moi aussi, je sortais mon flingue? dit-il.

— Ce ne serait pas raisonnable. Envoyer la fumée dans cette église... On a autre chose à faire. Et grouillons-nous. Le cureton pourrait ramener sa pomme.

— Vous pouvez pas être Sco. Donc... Il en reste quatre. Vous êtes le Marseillais?

— Mais oui!

— Le Grec?

— T'as raison.

— L'Orphelin?

— Comment donc!

— Oh! pis merde!

123

— Et je ne suis pas non plus le Tunisien. Passons aux choses sérieuses...

Le « curé de choc » raconta au Charbonnier, dans les grandes lignes, à voix basse, ce qui s'était passé en forêt de Chantilly la nuit dernière.

— Merde! s'exclama le Charbonnier. Le Rital dézingué! Et moi qui le cherchais à Montmartre!

— Marcuzzoli, c'était un bon pote à moi.

— Qu'est-ce que c'est que cette salade? J'en crois pas un mot!

— Lisez ça.

Par la grille, Mâche-Toujours fit passer un rouleau de papier très serré — la lettre de Marcuzzoli — au « confessé ». Il avait eu soin de découper les mots « MARENGO. Comme le veau. »

— On n'y voit goutte, là-dedans, grimaça le Charbonnier.

Il écarta le rideau et, dans une semi-pénombre, lut la missive ahuri. (Il y avait un petit trou au milieu du feuillet.) Puis il la roula soigneusement et la rendit au « confesseur ».

— Ça alors!

— Vous êtes convaincu?

— Bah... Assez, oui. Mais pourquoi le Rital a-t-il adressé la babille à un certain Mâche-Toujours?

— Parce qu'il ne me connaissait que sous ce blaze-là.

— Et votre vrai blaze... c'est?

— On va pas recommencer, hein! Donc, Bellaf a tué mon pote Marcuzzoli. Sco et ses amis n'ont pas le chiffre. Moi, par contre, je l'ai. Avant d'aller à son rencart avec le Pingouin, Marcu a eu la bonne idée de m'adresser cette lettrouse... Où c'est découpé, il y avait le chiffre du coffre écrit en toutes lettres. Il est gravé dans ma tronche, ce chiffre. Les Malurous sont prêts à buter le Cantalou. Dès qu'ils l'auront trouvé... pan! pan! J'aime mieux vous dire qu'ils sont décidés.

Il précisa, au passage, que Sco rechercherait le Cantalou, tandis que les autres devraient attendre sagement chez eux ou à leur travail et se tenir prêts à intervenir.

— Et vous ne marchez plus avec Sco? fit Assauzac.

— Non. C'est pourquoi je veux jacter au Cantal' boum. Au Cantal'boum en personne.

— Et pourquoi, mon Père, que vous marchez plus avec l'Espingouin?

— Parce que : petit a) en ne balançant personne, après le coup de Nice, Chavadou a agi loyalement; petit b) Sco a tué mon pote, donc il doit payer; petit c) il y a un peu plus de dix berges, quand Chavadou s'est fait cueillir par les poulets, j'ai prié Sco — auteur du meurtre du convoyeur — de défarguer le Cantalou. Il a refusé et a tenté de me descendre. J'ai pas pardonné. Lui a oublié. Moi pas. Voilà pourquoi j'essaie de rendre service à ton chef. Mais c'est lui que je veux voir. Lui et personne d'autre.

Prudent, le Charbonnier réfléchit :

« S'agit pas de s'emballer... Le matz se méfie de moi. Y'a pas de raison que j'en fasse pas autant. »

Il demanda, tutoyant l'inconnu :

— Et si tu veux voir le Cantalou... comment vas-tu t'y prendre?

— Vous allez me l'amener. On organise une entrevue quelque part...

— Dans une mosquée, dans une synagogue, ou à l'église russe de la rue Daru, pour changer?

— Et pourquoi pas dans les catacombes, espèce de gueule d'empeigne!

— Te fâche pas, je plaisantais...

— Donc, je disais : on organise une entrevue. Dans un endroit sérieux.

— Rêve pas, coco. Le Cantalou, il est au chaud, et par ce temps merdouilleux, il a pas du tout envie de sortir. Tu piges? Le chiffre, c'est à moi, à moi que tu vas le donner. Il sera transmis fissa. C'est comme si t'avais le Cantalou en face de toi.

— Non. Je regrette. Je ne parlerai qu'à Chavadou.

— Mais je suis son vieux pote, quoi!

— Gueulez pas si fort. Le corbac n'est pas loin. Et pressons. On va pas prendre racine.

— Moi, je peux pas te conduire au Cantalou. Sa planque est trop secrète pour que...

— Il n'est pas question que vous me conduisiez au Cantalou. Je peux y aller tout seul. J'ai dit que je ne tenais pas à vous montrer ma tronche. Les intermédiaires, j'aime pas.

— Compte pas sur moi pour te dire où se planque le Cantalou.

— Ce que j'ai à raconter ne vous intéresse donc pas?

— C'te blague! Si, que ça nous intéresse. Mais faut pas se précipiter, hein. Agissons avec méthode. Voilà ce que je propose : j'informe le Cantalou et, aussi sec, je te touche quelque part. On fera ce qu'il m'aura demandé de faire. Ça colle?

— Bon... C'est pas l'Amérique, mais ça ira. J'attendrai la réponse de Chavadou. Mais dites-lui bien

que je suis prêt à le voir. Je préciserai un endroit.
Un coin discret. Le Cantalou pourra venir m'y trouver... Il me remettra tout de suite, puisque j'étais
avec lui à Nice...

— Ça serait pas un petit guet-apens organisé, ça,
des fois?

— Et la page d'écriture de Marcuzzoli... Vous
voulez la relire?

— Il a très bien pu écrire ça sous la menace...

— Coupez pas les cheveux en quatre!

— J'ai pas confiance. Faire venir Dieudonné dans
un endroit discret... Moi, ça me botte pas. Ça sent pas
bon du tout, ce truc.

— Je serai seul...

— J'ai pas confiance.

— Bon. Je fais une concession. Vous verrez mon
visage. Vous me conduirez au Cantalou. Je serai
désarmé. Et vous aurez la preuve que je suis seul.
Correct?

— Mmm... Bon. Faut que je prenne les instructions
de Dieudonné. Et je te fais signe. Pour te retrouver...
t'as un endroit?

Mâche-Toujours hésita, puis :

— Ce soir... Entre neuf et onze. Appelez Louvre
15-95.

Louvre 15-95. C'est noté. Et c'est quoi, là? Un
troquet?

— Peu importe. Et cherchez pas dans l'annuaire.
Ça figure pas.

— Et je demande qui? Le ratichon de Saint-
Christophe?

— Vous demandez le chouchou à Léone.

— Ah bon...

— Entre neuf et onze, ce soir. Ni avant, ni après. Ça ira?

— Faut bien... Ça ira. Ce soir, sans faute, j'appelle...

— J'agirai en fonction de la réponse du Cantalou.

— Bien... Bien... Si tu nous bourres pas le mou, t'auras ta part. Le Cantalou est correct.

— Je ne demande rien. Ma part, vous pouvez la filer aux pauvres. Ce que je veux, c'est doubler l'Espagnol.

— Comme tu voudras.

— Sortez le premier. Eloignez-vous et ne vous retournez pas. Et restez pas devant l'église. Ce serait inutile. Je sortirai par la sacristie...

— Tu veux vraiment pas me dire qui tu es?

— Ce soir... peut-être... Allez, tirez-vous.

Le Charbonnier sortit du confessionnal. Il porta une main à sa poche. Mais l'autre fut plus vif. Le flingue de Mâche-Toujours apparut par la petite porte entrouverte.

— Ça va, dit Assauzac. J'insiste pas.

Il savait fort bien que l'autre ne tirerait pas. Il s'agissait d'être patient. D'ici quelques heures, il connaîtrait l'identité de l'homme.

Mâche-Toujours sortit de l'église par la sacristie. Dans la rue, il déchira la lettre de Marcuzzoli. Il n'en avait plus besoin. Il la connaissait par cœur.

Avant de se rendre rue de Patay, le Charbonnier fit un saut quai de la Gare, sur le port de Tolbiac, histoire de voir si les quatre péniches de gailletin qui lui étaient destinées étaient arrivées. Elles étaient là, mais, naturellement, on attendait encore les camions, et Assauzac poussa sa gueulante. Il tint à accueillir les camionneurs pour leur savonner les oreilles et, en attendant l'arrivée de tout ce petit monde, alla boire quelques coups avec les mariniers dans un troquet infâme de la rue Watt, près de la Compagnie Parisienne de l'Air Comprimé. Blancs secs. Calvas. Re-blancs. Re-Calvas. A 9 heures 30, complètement pompette, Assauzac renonçait à aller houspiller les chauffeurs-livreurs, remontait dans sa 404 et filait rue de Patay, à deux pas de là.

Le Cantalou, qui n'avait pas fermé l'œil de la nuit, était dans tous ses états. Il tournait en rond dans la chambre, débraillé, le menton noir de barbe. Sur le divan, il y avait *France-soir*, *Paris Match* et un livre de la Série Noire ouvert et retourné; le Sauer & Sohn se trouvait sur la table et, sur une commode, des morceaux de pain et des restes de charcuterie étaient posés dans un papier gras.

Dès son arrivée dans la chambre, le Charbonnier prit un verre et le litre où stagnait un restant de bordeaux. De mauvais poil, Chavadou lui arracha la bouteille des mains.

— Alors merde! Qu'est-ce que tu fous? Complètement défoncé, naturellement! Et ta noye à Montmartre?

Assauzac rota grossièrement.

— Ça n'a rien donné, dit-il. Et pour cause!

— Tu t'es encore pinté la gueule, alors que moi j'attends! On est jeudi! T'entends? Même pas deux jours, qu'on a devant nous! Et faut compter le voyage!

129

Samedi à zéro heure, le chantier sera bouclé! Chevaux de frise, sansonnets, bidasses en armes, C.R.S., et toute la smala! Et l'entrée dans la ferme, elle sera plus duraille que l'entrée dans une banque! Tu vois le travail, un peu? Et monsieur est là à se poivrer la gueule! Tu seras donc jamais sérieux, Alexis, nom de Dieu?

— T'énerve pas, Dieu! Le chiffre, on va l'avoir. Ecoute...

Tout en lâchant des hoquets et des rots, sous l'œil dégoûté de Chavadou, il annonça la mort de Marcuzzoli et raconta l'entrevue dans le confessionnal avec un des Malurous. Peu à peu, le Cantalou prit un air prodigieusement intéressé.

— Bon, conclut-il, ils ont un traître parmi eux. Ça nous arrange fichtrement bien! J'ai la baraka, je te dis. Et t'as vraiment pas pu voir qui c'était, ce ratichon?

— En insistant, j'aurais peut-être pu... Mais il était armé... On connaîtra son identité ce soir.

— Bien. Tout de même, je me demande qui c'est... Quel genre de voix?

— Il chuchotait, le mec... Et la voix des Malurous, je la connais pas très bien, moi. Pourtant, une chose est sûre : il avait l'accent du midi.

— Tu parles d'un indice! Ils l'ont tous, l'accent du midi. Tous les cinq!

— C'est ma foi vrai... Il m'a filé un numéro de téléphone où l'appeler ce soir, entre neuf et onze...

— Et c'est où?

— Il n'a pas précisé. Faut que je demande « le chouchou à Léone »...

— Ça ne me dit vraiment rien. Bon, dès ce soir, tu m'amènes le type.

— Ici?

— Toute réflexion faite, non. Je peux pas rester ici. J'étouffe.

— Dis donc, tu vas pas sortir!... Ils sont prêts à faire un carton sur toi. C'est sûr, maintenant. Ils en ont parlé une bonne partie de la nuit. T'as entendu ce que j'ai dit, non?

— Justement, il me faut une planque plus sûre. Ici, la lourde peut être défoncée en moins de deux. Et puis je ne peux pas rester enfermé comme ça, comme une bête! Et il me faut au moins le bigophone!

Assauzac réfléchit, puis dit :

— Ecoute, Dieu... J'ai un autre endroit. Pépère. De tout repos. La vraie cellule de moine.

— Parle pas de cellote, idiot!

— J'ai voulu dire : la retraite. La bonne retraite des familles. Le petit nid d'aigle... Tu saisis, un peu?

— Et c'est à quel endroit?

— En dehors de Paris. C'est la maison de l'oncle de Laurette.

— L'oncle de Laurette? Mais il y est, dans la baraque?

— Non. L'oncle était veuf et il a cassé sa pipe en septembre dernier. La taule est vide. Il y a le téléphone. Tu y seras peinard. La bonne construction. Isolée, d'accord, mais entourée d'un parc, avec des grilles énormes, et des lourdes comaques. Un petit fortin, quoi.

— Qu'est-ce qu'il foutait, le tonton à Laurette?

— Notaire. C'est à Bois d'Arcy. Tout près de Versailles...

— S'il y a vraiment le phonard, ça marche. Parce que cet isolement, je ne peux plus le supporter, moi!

— Je passe voir Laurette. Elle est chez moi. Je prends les clés de la maison du notaire et on file là-bas.

*
* *

Ce fut Laurette qui, trois quarts d'heure plus tard, vint rue de Patay. Elle avait les clés de la maison de Bois d'Arcy. Sa petite Fiat 600 attendait en bas.

— Toi, Laurette? s'étonna Chavadou. Et le Charbonnier?

Elle sourit; le Cantalou la trouvait terriblement désirable.

— Je l'ai mis au lit, dit-elle. Il était malade à crever.

— L'animal! Avec ses bitures!

— Vous venez, Dieu?

— On ne t'a pas suivie, au moins?

Elle sourit encore, un peu ironique :

— Je suis née à la campagne, Dieu, d'accord... Mais tout de même...

Elle ouvrit son sac qu'elle portait à l'épaule, en sortit à moitié un petit pistolet automatique Browning 6.35, une arme de dame — mais qui tuait quand même :

— Avec ça, je ne crains personne.

Chavadou ramassa en vitesse ses vêtements, les jeta dans une valise, prit son Sauer & Sohn, son argent. Ils descendirent, montèrent dans la petite Fiat qui démarra. Laurette conduisait vite et bien. En s'installant au volant, elle avait remonté légèrement son manteau et sa jupe; Chavadou lui regarda une cuisse et se retint de toutes ses forces d'y poser la main. C'était la propriété privée du Charbonnier. Pas touche! Pourtant...

X

Jeudi

Chavadou et Laurette arrivèrent à Bois d'Arcy vers onze heures.

Le Cantalou s'enferma dans la grande bâtisse isolée au milieu d'un parc. Un bon refuge, où seuls le Charbonnier et sa maîtresse sauraient le trouver. Il y avait le téléphone, des livres, du bon vin, du whisky, des conserves dans le réfrigérateur. De quoi tenir huit jours. Mais Chavadou n'avait nullement envie de prendre pension dans la maison de feu le notaire.

— Eh bien, je te laisse, Dieu.

Laurette restait plantée devant lui. Visiblement, elle attendait quelque chose.

« Elle est encore plus chouette qu'à dix-sept berges, se dit Chavadou. Plus fraîche, même... C'est pourtant vrai! »

Laurette se rapprocha de lui, se dressa sur la pointe des pieds, et Dieu ne put s'empêcher de l'embrasser sur les lèvres, très longuement, mais sans trop oser se coller à elle.

— Je file porte de Versailles, dit-elle. Dès mon arrivée, Alex te téléphonera.

Quand elle fut partie, Chavadou — on est honnête mais on n'est pas de bois! — regretta de n'avoir pas essayé... Et, se vengeant sur la bouteille de whisky, un verre à la main, il se traita de tous les noms.

**
*

A midi cinq, le téléphone sonna dans le grand salon.

Chavadou décrocha et attendit, silencieux.

— Dieu? C'est moi, Alex.

— Fumier!

— Plains-toi! Je t'ai envoyé Laurette... Excuse-moi, fils. J'étais malade à crever. J'ai dû écluser des tas de saloperies au port de Tolbiac, et...

— Au fait! Où en es-tu?

— Ce soir, je t'amène le « traître » sur un plateau. On sera à Bois d'Arcy avant minuit.

— Et fais gaffe au mec! Qu'il soit bien seul...

— Me prends pas pour un bêlure. Il sera innoffensif comme une rosière, le piaf. Il a bien compris que, en rendant visite au Cantalou, faut rien apporter. Ni fleurs, ni boutanche, ni riboustin. Les poquettes vidarèsses, qu'il aura. Fais-moi confiance.

— Ecoute-moi bien, Alexis. Il faut trouver un tueur avant ce soir. Débrouille-toi. Je veux que demain vendredi, à midi, tout soit classé avec les Malurous. Je n'en veux plus un de vivant, c'est bien compris! Plus un! Qu'on me les descende tous — sauf celui qui marche avec nous, bien sûr. Tous rayés demain à midi. C'est bien compris? Ce jonc, je le veux. Et je tiens à rester en vie pour en profiter, tu comprends? Et rester en vie avec ces quatre pas lobés

135

qui veulent ma peau, ça va pas être de la tarte aux noisettes!

— Caime-toi, Dieu. Et te fais pas de mouron... je vais m'arranger, trouver un bon rectifieur.

— Paie-le bien. A l'américaine. Raque ce qu'il demandera. Joue intelligemment. Promets-lui au besoin une part du gâteau. Il l'aura. Mais pour l'amour du ciel, magne-toi. Demain à midi, je veux être débarrassé d'eux. Sinon, c'est moi qui y passerai. Y a pas trente-six solutions.

— A tes ordres, Dieu. Mais ça va pas être du nougat de Montélimar. Trouver un tueur dans la journée, comme ça... A première vue, je vois personne. Le petit Schreim s'est retiré... Il y a bien Harrbrück... mais il serait en Afrique. Quant à Oscar-le-Suisse, pour le trouver, celui-là... Envoyer en l'air quatre Malurous... Dis donc, va falloir une drôle de gâchette! un homme qu'ait pas froid aux yeux!

— Démerde-toi! hurla le Cantalou. Et ce soir, ici, avec ton mec au chiffre!

Il raccrocha, s'essuya le front qu'il avait couvert de sueur, se servit un whisky.

Quand il eut raccroché l'appareil, le Charbonnier se dit que, des deux choses importantes qu'il avait à faire (amener « Duchiffre » à Chavadou et dégoter un exécuteur), trouver un bon tueur était la plus urgente; dès qu'il tiendrait son homme de main, il appellerait le type au chiffre, irait le chercher et le conduirait à la tanière du Cantalou. Il faudrait bien que le mec lui montre son visage!

136

Le Charbonnier était tellement pressé qu'il en oublia de déjeuner. Et, pour une bonne fourchette comme lui, c'était vraiment qu'il allait pleuvoir! Il réfléchit, seul dans son bureau de la rue de Javel.

Dégoter un type capable d'occire l'Espagnol et trois de ses hommes avant demain midi.

Le Charbonnier pensa à quelques tueurs bien notés de la place de Paris. Mais il préférait ne pas mêler ces gens à leur affaire. Il était toujours délicat, et même dangereux, de traiter avec ces types-là, même en les payant royalement. Et puis, cinq types à effacer, c'était beaucoup de monde. Pour faire du travail bien léché, un tueur à gages prend volontiers quelques risques, mais là, ce ne serait plus du risque, mais une variété de suicide.

Le Charbonnier se remémora tout à coup un vieux type qui, il y avait encore quelques mois, traînait souvent ses guêtres quai de Tolbiac, dans les bistrots avoisinant la gare aux marchandises; un vieux birbe qu'on voyait presque tout le temps avec un berger allemand; par la suite, le gârs au chien s'était retiré près de Paris, à Meulan. En se renseignant dans le quartier Tolbiac, Assauzac pourrait sans doute avoir son adresse Le Charbonnier se souvenait fort bien de l'homme avec lequel il avait souvent pris un verre. Le vioc s'appelait Stankovic. C'était un Croate de soixante-cinq à soixante-dix ans, ancien militaire qui prétendait avoir fricoté, dans son pays, avec les sbires à Ante Pavelitch; il était installé en France depuis des années. A l'époque, Assauzac s'était souvent demandé de quoi vivait le Croate qui, de temps à autre, disparaissait durant plusieurs semaines. Il s'était renseigné et, de fil en aiguille, avait appris des choses sur Stankovic. Il avait entendu parler de l'insensibilité du vieux et de son efficacité au tir. Le Charbonnier pensa qu'il pourrait avoir le Croate pour une bouchée de pain. Avant de partir, il fouilla dans ses tiroirs pleins de paperasses, mit la main sur une vieille photographie qui représentait un groupe, lors d'un repas de mariage. « Ça fera l'affaire », se dit-il. Il glissa le cliché dans une de ses poches.

Il se rendit près de la gare aux marchandises, fit deux ou trois troquets et obtint l'adresse à Meulan de M. Milos.

A Meulan, quai de l'Arquebuse, il trouva la piaule du Croate, au dernier étage d'un immeuble lépreux.

La télé donnait en Eurovision le match de football France-Yougoslavie. Stankovic regardait le petit écran en avalant une soupe au pain très épaisse; un litre de blanc était posé devant lui; dans un coin de la turne, un magnifique berger allemand se trouvait devant son écuelle à pâtée. Stankovic reconnut tout de suite Assauzac. Il n'ignorait pas que l'Auvergnat faisait plus ou moins partie du milieu. Il le fit asseoir, lui servit un verre de blanc.

Stankovic, un homme grand et sec, aux yeux bleus très vifs, était loin de paraître ses soixante-dix ans; pas planche pourrie du tout, le gars en aurait remontré à des jeunots; seules les dents tombaient en ruine. Il écouta le Charbonnier en mangeant une omelette, tout en flattant son chien et en le retenant, l'animal n'ayant pas l'air de bien sentir Assauzac.

— Je ne travaille pratiquement plus, dit Stankovic,

quand Assauzac lui eut indiqué ce qu'il attendait de lui.

— Le père Milos ne sait plus tirer? s'étonna le Charbonnier, légèrement ironique.

Le vieux fut piqué au vif. Il alla prendre dans le tiroir d'une commode une sacoche de cuir rouge qu'il posa sur la table. Il en sortit quatre armes dans leur housse — un automatique de 9 mm., un pistolet Beretta, un P. 38 américain et un vieux colt Government 1911, des silencieux, un écouvillon, des chiffons gras, des boîtes de balles.

— Je tire aussi bien qu'avant, dit-il. Mieux qu'à trente ans, même. Mieux qu'à cinquante. En prenant de la bouteille, je me suis perfectionné.

Il parlait presque sans accent. Il ouvrit une armoire et, sur le rayon d'en haut, sous une pile de linge, prit un étui et le mit sur la table. Il l'ouvrit et en sortit un fusil Remington à lunette démonté :

— Avec ça, mon cher, au Maroc, en 59... Des étincelles, que j'ai fait. Je ne vous en dis pas plus. Mais ce fut du très beau travail. Comme on n'en fait plus. De l'artisanat. Du boulot léché comme l'aimaient nos pères... Je garde ces armes en souvenir... C'est ma petite collection. Mais je n'ai pas perdu la main, si c'est ça que vous voulez savoir. Pourtant, voyez-vous, ça ne m'a pas rapporté grand-chose. Mes employeurs, à ce jour, sont plus riches que moi! Regardez le gourbi dans lequel je vis! Heureusement, j'ai mon chien... Et ça, ça n'a pas de prix!

Il alla ranger ses armes.

— De quoi vivez-vous? demanda le Charbonnier.

— Vous parlez comme le fisc. D'oxygène, comme vous.

— Mais encore...

— J'ai un petit bas de laine, mon cher... Et puis, pour rassurer ces messieurs de la brigade des étrangers et ne pas trop m'ennuyer...

Il tira un rideau et découvrit une grande table encombrée de machines à écrire.

— ... je répare des machines.

— Cette fois, vous toucheriez le gros paquet, Stanko.

— Dégommer toute une bande de types — de types sûrement armés — en une nuit et une matinée! Vous vous moquez de moi, dites. Il n'y a plus de respect pour la vieillesse. Pour les avoir tous, vos emmerdeurs, il faudrait au moins une semaine. Si j'acceptais. Mais je n'accepte pas.

C'était l'heure de faire pisser le chien. Stankovic enfila un pardessus râpé, prit la laisse de l'animal. Ils sortirent de la piaule. Assauzac fut surpris de voir le Croate descendre l'escalier avec agilité et rapidité.

Ils marchèrent avec le berger, le long de la Seine. Assauzac insista. Il avait à tout prix besoin de quelqu'un et ça urgeait. Il prit sous son bonnet de promettre pour quinze millions de barres d'or au yougoslave.

— Qu'est-ce que j'en foutrais?

— La Côte d'Azur... Ça te dirait rien, Milos?

— Le soleil... Pourquoi pas, dans le fond? Une maison entière à moi...

— Finir tes jours en paix... Et bâti comme tu l'es, t'as encore au moins vingt ans devant toi!

Stankovic se mit à rêver. Le Charbonnier crut bien l'avoir accroché; il se dit que c'était dans la poche.

— Quinze briques, Milos...

140

Assauzac continua à tutoyer le Croate :

— Quinze briquettes! On t'a déjà fait une pareille offre? Moi, je suis sûr que non. Tu tires comme un as. Pour ce genre de travail, tu as le « ça »! le truc que beaucoup de types n'ont pas... Tu réussis dans la discrétion la plus absolue... et on ne te chope jamais! Quinze millions... Ne laisse pas passer une si belle occasion!

— Et vos mecs, vous pouvez pas les arranger vousmême?

— Chacun son métier, hein. La tuerie, c'est ton job.

Assauzac se mit à rire :

— Entre nous, Milos... T'en as tué combien, de gêneurs, depuis que t'exerce?

— Secret professionnel. Mais... disons une petite vingtaine ou... une grosse douzaine. Je parle des opérations spéciales. Les guerres, c'est autre chose.

Il se tut, regarda son chien qui, au bord de l'eau, s'amusait avec un gros bouchon.

— Il est jeune, dit-il, comme pour l'excuser.

Pour faire plaisir au Croate, Assauzac fit mine de s'intéresser aux cabrioles du berger; mais ça l'ennuyait profondément; les animaux domestiques l'avaient toujours laissé indifférent; et puis, il était pressé; cette tête de mule de Stankovic allait-il oui ou non se décider?

— Fédor! appela Stankovic. Fédor! Ici, Fédor!

Le chien rappliqua, se dressa, tendit ses pattes de devant à son maître; il tirait la langue, content. Stankovic lui prit les pattes, se tourna vers Assauzac :

— Cette bête-là, voyez-vous, eh bien c'est tout ce que j'ai au monde. Pas de femme. Pas d'enfants. Mais un bon klebs. Et ça, vous pouvez m'en croire, c'est la plus belle famille qui soit! Pour ce cabot-là, parole, je me ferais hacher.

Il se mit à raconter la vie de Fédor. Le Charbonnier écouta d'une oreille, d'abord agacé, puis une idée lui vint. Une idée qu'il jugea dégueulasse mais efficace.

XI

Jeudi

Après des parlotes à n'en plus finir, et un dernier refus, le Croate siffla son chien et s'en alla.

Assauzac resta planté au bord de la Seine.

« Peut-être qu'il ne blaire pas les Auverpins? se dit-il. Je me demande bien pourquoi! »

Il regarda Stankovic s'éloigner vers les maisons du quai, entrer dans celle où il demeurait, son berger sur les talons.

Il ne fit ni une ni deux. Il regagna sa 404 et fila vers la gare. Du bistrot qui faisait face à la station S.N.C.F., il appela Joseph Muyrols dit le Ponot, un type du clan auvergnat, et lui demanda de venir d'urgence à Meulan.

— Tu trouveras facilement, Joseph... C'est un café-restaurant en face de la gare. Ça s'appelle *Au Chapon fin.*

*
**

Le Ponot était né au Puy, ce qui lui avait valu son surnom. C'était un très grand type, mesurant presque deux mètres, au tronc démesuré qui faisait paraître courtes les jambes pourtant étonnamment longues; il se tenait toujours penché en avant, jusqu'à donner l'impression d'être prêt à piquer une tête. Avec son béret noir enfoncé jusqu'aux sourcils, qu'il mettait en se levant pour ne l'enlever qu'avant d'aller au lit, il avait l'air d'un simple de village; mais certains le savaient malin; d'aucuns affirmaient que le Ponot pouvait se montrer violent et redoutable.

Après des années de braconnage, de vols de poules et de canards dans le Forez et le Velay, il était devenu le rebouteux d'un patelin du Cézallier. Puis, à la suite d'une histoire d'avortement qui avait mal tourné, il était monté à Paris. Dans la capitale, il avait été mêlé à quelques cambriolages minables et, en mars 60, les assises de l'Oise l'avaient envoyé en prison pour deux ans. A sa sortie de Maison Centrale, il avait décidé d'exercer des activités légales. Il habitait à Charenton, dans une vieille baraque du quai des Carrières; entre autres activités, l'été, il réparait les deux-roues des jeunes du coin, dans un atelier au fond de son jardin; l'hiver, on le voyait souvent à la terrasse de chez Chagnat, un Aurillacois installé boulevard Beaumarchais, à vendre des marrons grillés.

La conversation téléphonique avec le Charbonnier terminée, le Ponot sauta dans sa vieille camionnette et fonça à Meulan.

**
*

Il n'était pas loin de dix-neuf heures.

Dans un coin de la salle du *Chapon fin*, Assauzac, légèrement éméché, expliqua rapidement la situation au Ponot.

144

Ils allèrent ensuite sur la berge, marchèrent le long de la Seine et observèrent la maison de briques sales où habitait Stankovic.

— Avant de becqueter, il va faire pisser son klebs, dit le Charbonnier.

*
**

Stankovic remit la housse en toile cirée sur l'Underwood de bureau qu'il venait de réparer et nettoyer Il se lava les mains dans le lavabo, enfila son imperméable kaki molletonné, décrocha la laisse de son compagnon :

— Fédor! on y va...

*
**

La camionnette du Ponot roulait au pas le long du quai. Le Charbonnier était assis à droite de Muyrols, son calibre 32 en main. Les deux hommes voyaient, à trente mètres devant eux, dans la brume du soir, le vieux Croate qui longeait l'eau avec son chien.

La camionnette s'arrêta à quelques pas de Stankovic. Le quai était désert. Les deux Auvergnats bondirent hors du véhicule. Assauzac braqua son revolver sur le type au berger :

— Ne bouge surtout pas.

Le Croate, furieux, se mordit la lèvre inférieure : pour aller faire pisser son klebs, il ne s'était pas encombré d'arme.

— Lève les mains! ordonna Assauzac.

Le vieux obéit, la face marquée par la rage et la surprise. Le quadrupède montra les crocs et fonça sur Assauzac; celui-ci tourna son 32 vers l'animal.

— Tirez pas! jeta Stankovic, affolé. Fédor! Fédor!

Le berger hésita entre l'appel du maître et l'ennemi à attaquer. Le Ponot se jeta sur le chien, une couverture entre les mains. La bête se débattit et la lutte dura bien cinq minutes. Mais le Ponot, vif, costaud et habile, finit par avoir raison du klébard et le maîtriser; Fédor fut bientôt muselé, ficelé et enroulé dans la couverture. Le Ponot regarda néanmoins la trace de morsure qu'il avait sur une main et fit la grimace.

L'animal prisonnier était dans la camionnette.

— Qu'est-ce que vous allez faire avec mon chien? demanda Stankovic, tourmenté. Vous n'êtes pas un peu siphonnés?

— Voilà ce qui va se passer, Stanko, dit le Charbonnier d'une voix pâteuse. Tu vas accepter gentiment l'offre que je t'ai faite. Tu vas descendre les types qui nous emmerdent, moi et mes amis. Tu toucheras vingt-cinq briques et tu reverras ton klébard. Il est sept heures dix. Si demain à midi ta mission n'est pas remplie, tu ne reverras jamais ta bête. Mon pote le Ponot l'abattra. Et tu toucheras pas un rond. Choisis, Toto.

Déjà, le Ponot mettait sa camionnette en marche; le véhicule effectuait un demi-tour... Assauzac et le Croate étaient seuls sur le quai battu de vent. Le Charbonnier abaissa son 32.

— Choisis vite, on est pressés.

Le tueur baissa lentement les bras; ses lèvres tremblaient; déchiré par l'inquiétude, il avait cette fois vraiment l'air d'un vieillard.

— Ressaisis-toi, Stanko, dit Assauzac. Ce n'est pas la lune à décrocher, que je te demande. C'est un travail. Un travail dans tes cordes, comme tu en as déjà fait des tas. Cinq types à rectifier. Tu as toute la noye et la matinée de demain pour exécuter la commande. Ils sont tous à Paris, les petits mecs à étendre. Je te donne tous les rambours. Tu palperas vingt-cinq briques, Stanko. Ça ne te dit rien, vingt-cinq briques?

— C'est mon chien, que je veux! Je m'en fous de vos vingt-cinq briques!

— Tu les auras quand même, si tu réussis. Parole d'Auverpin. Et tu retrouveras ton chiot. N'aie pas peur. Chez le Ponot, il ne manquera de rien. Il aura sa petite becqte. A l'heure convenue. Mon pote connaît bien les chiens, c'est un gars de la cambrousse. Mais si demain à midi il n'a pas reçu de contrordre, sois en sûr, il tirera une balle de carabine dans la tête de ton toutou, et il le balancera à la flotte. Décide-toi fissa, gus.

— Je marche, dit le Croate dont les lèvres frémissaient.

Ses mains avaient la tremblote et Assauzac lut une lueur de meurtre dans les yeux du Yougoslave, sans pouvoir s'expliquer si ça s'adressait à lui ou si c'était déjà le tueur sur le sentier de la guerre.

Les deux hommes montèrent dans la chambre du Croate. Assauzac se servit d'autorité un verre de blanc. Stankovic choisit un pistolet automatique de 9 mm. qu'il soupesa dans sa main osseuse, en connaisseur; il vérifia le cran de sûreté, le poussoir de l'arrêtoir du chargeur, fixa sur l'arme un tube de silencieux. Il allait prendre des balles, mais le Charbonnier le devança et saisit la boîte de munitions qu'il fourra dans sa poche. Pour le moment, Assauzac préférait voir Stankovic désarmé.

— Tes pruneaux, tu les auras tout à l'heure, dit-il. Magnons-nous. Je te mène à la gare. Tu prendras le dur.

Assauzac ne tenait pas à rouler en compagnie de Stankovic; les réactions du tueur étaient imprévisibles.

Avant de quitter la piaule, Assauzac prit quelques feuilles dans une boîte de papier à lettres et, méticuleux, bic en main, dressa cinq fiches à l'intention du Croate :

VARGAIGNAS dit le Marseillais. 48-50 ans. Plutôt gras. Teint huileux. Sourcils épais. Se trouvera, de jour et de nuit, à son stand de voitures d'occase : 4 ter, boulevard Pershing (17ᵉ). (Domicile au même endroit.)

Spyros CONSTANTINIDIS dit le Grec. Dans les 45 ans. Assez petit. Mince. Musclé. Crâne chauve. Se marre souvent. Sera à son « bains-douches », 17, rue de Flandre (19ᵉ). (Domicile au même endroit.)

Louis AMBROISE dit l'Orphelin. 33 ans. Grand. Maigre. Blond. Nez un peu de travers. Se trouvera chez lui : 125, rue Championnet (18ᵉ) ou à son boulot. Il est loufiat à la « Brasserie de l'Aiglon », avenue de Wagram. Prend généralement son service vers 14 heures, jusqu'à minuit ou une heure du mat'. (Peut se faire remplacer, s'absenter, etc.) Souvent dans les toilettes (au troquet où il bosse) — s'est fait pincer

*pour touche-pipi, il y a quatre ans, dans les tartisses
d'un café de Vanves. A eu affaire à la Cassure (1)*

HAMMAGUI (Le Tunisien). *Environ 40 ans. Costaud. Large d'épaules. Très brun. Frisé. Sportif. Type
médit' très prononcé. Sera chez lui : 51, bd. des
Sablons (Neuilly s/Seine). Ou aux studios de Billancourt. Ou place Jeanne d'Arc (13ᵉ), la nuit où Lober
tournera une séquence de film.*

Francisco BELLAFRANCA (Sco Bellaf.) *Environ
45 ans. Grand et mince. Brun. Type espagnol très
prononcé. Elégant. Vif. Endroits possibles où le trouver : A son agence « Paris-France-Vedettes », 44,
rue Pierre Charron (8ᵉ). Chez lui : 77, av. Bosquet
(7ᵉ).*

Sur la fiche « Sco », le Charbonnier ajouta une
liste de bars, restaurants, etc — à Saint-Germain-des-
Près, Montmartre, Montparnasse —, fréquentés par
l'Espagnol.

Assauzac tendit les fiches au tueur qui y jeta un
coup d'œil.

— Surtout, fit le Charbonnier, chaque client
« servi », tu détruis la fiche. Et attention! Les
Malurous sont armés!

— Merci du conseil...

Le marchand de charbon reprit la bouteille; il
était à moitié ivre.

Le Croate glissa les fiches dans sa poche :

— L'endroit où les piquer, c'est bien joli... La

(1) Brigade des mœurs. (Argot de la police.)

description de chaque type, je trouve ça très bien...
mais tout de même un peu insuffisant.

— J'ai pensé à tout, papa.

Le Charbonnier mit sur la table la photographie de
groupe qu'il avait prise dans son tiroir, rue de Javel.

— Je suis conservateur... Et j'ai pas tort. Sur cette
photal, tu les as tous les cinq, les Malurous! Et t'as
même le Cantalou.

Stankovic examina la photo; on y voyait une
quinzaine de personnes autour d'une table, en plein
gueuleton.

— C'est un repas de noces, expliqua Assauzac.
Mai 57. Un mois avant l'histoire de Nice... Le
mariage de Vargaignas. Un an après, ce con divor-
çait... Bref. Tu les as tous là, les lascars. Ils ont un
peu changé, je te l'accorde. Mais on les reconnaît.

D'un doigt tremblotant, il montra plusieurs person-
nages sur le cliché :

— Voilà le Cantalou...

— Il a pas l'air à la noce, dites!

— Il pense au braquage qui aura lieu le mois suivant. Il est soucieux. Là, c'est Bellafranca... Il n'a
guère changé. Ici, t'as le Grec. A l'époque, il lui
restait quelques douilles... A part ça, c'est pratiquement
le même bonhomme. Au bout de la table, à moitié
caché par la bonne femme, c'est Hammagui...

— On le voit pas bien...

— Pour reconnaître Hammagui, t'as pas besoin
de photal. Il a vraiment un genre personnel. Là, t'as
le marié, Vargaignas. Mate bien ses sourcils... C'est
lui tout craché. Avec dix berges de plus, d'accord...
mais c'est la même bouille. Le tout jeunot, ici, c'est
l'Orphelin.

150

— C'est un gosse!

— C'était. Il avait à peine vingt-deux berges, à l'époque.. Mais vise le nez de traviole... les tifs blonds, presque blancs... Avec ça, tu dois le repérer.

— Et les autres?

— Aucune importance. Des potes de Marseille...

— Et vous? Vous n'y étiez pas au mariage du Marseillais?

— J'étais en Belgique... En voyage d'affaires.

Il prit la photo de mariage, la tendit au Yougoslave :

— Mets ça dans ta fouillouse et fais-en bon usage. Attends...

Il reprit la photo et, au-dessus de chaque homme à abattre, écrivit un nom : *Sco, Vargaignas, etc.*

— Tiens. Avec tous ces rambours, tu dois mener ton affaire à bien. Une manie à moi, les fiches. Comme mes petits loufiats indics. Un homme à fiches, que je suis. Encore une méthode inculquée par mon oncle, l'ancien poulet.

Le Croate fit la moue :

— Une nuit et une matinée pour retrouver cinq mecs! Parlez d'un binms!

— Dès que tu auras descendu un des types, tu t'arranges pour mettre le corps dans un endroit où on le découvrira rapidement. Ainsi, demain avant midi, par la radio ou les canards, on saura si t'as agi ou non. Compris?

— Et si les flics ne donnent pas la nouvelle tout de suite.

— Ça arrive surtout quand les macchabs sont trouvés dans des coins paumés et déserts. Mais là, les condés ne pourront pas cacher la chose. Il y aura les badauds... Les journalistes seront vite informés.

— Je pourrais prendre une photo de chaque cadavre, ricana le Croate.

— Pourquoi pas? Si on en avait eu le temps, on serait allé chercher un rolleiflex. Mais on est un peu pressés. T'as pas intérêt à jouer au petit soldat, Stanko. Demain à midi, tout doit être fini. On te rendra ton chien.

L'œil du Croate s'illumina :

— Et le pognon?

Assauzac se sentit satisfait. Il se rendait compte que le vieux Stankovic tenait à son chien comme à un enfant; de sa bête, il en était gâteux; mais le fric — cette blague! — l'intéressait autant. Il allait certainement pouvoir se mettre au vert — tardivement, certes, mais dans les grandes largeurs — avoir enfin, au soir de sa vie agitée, son cabanon bien à lui.

— Ton blé, tu l'auras avant huit jours. En barres d'or. Pour le fourgue, tu te débrouilleras. Ou t'attends une menace de dévaluation et tu traites avec des rupins foireux en quête de métal, ou tu trouves un acheteur dans le mitan. Peut-être qu'on te donnera une combine. Autre chose : afin qu'on puisse faire le point, à chaque mironton abattu, tu donnes un coup de fil au Ponot et tu lui indiques le nom du gonze rectifié. Vu?

— Vu.

Assauzac griffonna un numéro sur un bout de papier. Le Croate lut : *Entrepôt 01-07*

— Au moindre pépin, tu téléphones là. A n'importe quelle heure. Y aura toujours quelqu'un.

— Et chez vous?

— Non, pas chez moi. Chez le Ponot, je t'ai dit.

Où je serai, moi, ça ne te regarde pas. Le point de ralliement, c'est chez le Ponot. Et n'essaie pas d'aller délivrer ton klebs. Idem pour la flicaille. Le Ponot est bien armé. Et à la moindre visite gênante — la tienne, par exemple — il descend la bête. Ça lui sera facile. Il l'aura sous la main. Raconte pas non plus tes ennuis à la S.P.A. Ça nous embêterait beaucoup. Sois chic avec le Ponot. Le force pas à verser le sang.

— Il sait quoi lui donner à bouffer, au moins?

— T'en fais pas. De la bonne graille, qu'il aura, ton berger.

— Il ne lui faut pas de volaille et...

— T'inquiète pas. Ton toutou sera dorloté. Et puis, une quinzaine d'heures, ça passe vite, hein.

— Et qui me dit que, le coup accompli, je...

— On ne te lâchera pas. Tu as ma parole, encore une fois. Tu dois marcher à la confiance, vieux. T'as pas le choix, hein. On tient ton cador. Encore un détail : si jamais les flics t'épinglent... attention! Tu me connais pas. Tu bats à niort.

— Compris...

— Sinon... on te portera pas d'oranges... et ton chien pourrait en pâtir. Mais je te dis ça comme ça, je sais que tu te feras pas piquer. Pas vrai?

— Je connais mon métier. Je ne serai pas pris.

— Je le savais, vieux. Viens, on y va.

Assauzac tint à vider la bouteille de blanc, puis ils sortirent de la chambre. L'homme de Chaudes-Aigues marchait un peu de travers.

Ils montèrent dans la 404 et le Charbonnier conduisit Stankovic à la gare. Il faisait nuit. 21 heures. Le Caldaguésien remit une centaine de mille francs au tueur, pour ses frais éventuels, puis la boîte de balles.

— Calte! Ton train est dans quatre minutes.

Stankovic hésita cinq secondes et jeta un regard terrible sur Assauzac; il allait dire quelque chose comme :

— Puisque vous allez à Paris, emmenez-moi, mais y renonça, et, les lèvres serrées, sortit de la voiture et marcha vers la gare.

— Bonne chance, Stanko! cria le Charbonnier.

Mais le Croate n'entendit pas; il était loin

XII

Jeudi soir

21 heures 10.
Stankovic était dans le train qui roulait vers Saint-Lazare. Il était assis dans un coin de compartiment et, une main dans une poche, serrait la crosse de son 9 mm. Il se mit à penser avec angoisse à son chien. Plus il irait vite, plus tôt il retrouverait Fédor... Il regarda le papier sur lequel le Charbonnier avait inscrit le numéro du type au béret.

Dans l'appartement de la porte de Versailles, Laurette attendait le Charbonnier en se demandant ce qu'il faisait, où il était.

A Bois d'Arcy, dans le grand salon de la maison du notaire, le Cantalou tournait en rond. Il prit son arme, la fit tourner dans une main. Il alla à la fenêtre,

155

regarda le parc désert, s'efforça de distinguer, dans la nuit, les arbres, le pourtour en ciment de la pièce d'eau et les quelques statues. Il se demanda où se trouvait Sco et dans quels endroits il pouvait bien être en train de le chercher. Il regarda sa montre. Alex ne devrait plus tarder. Accompagné du gars qui connaissait le chiffre. Y avait intérêt!

La grosse Simone était en train de faire ses ablutions intimes. La porte du cabinet de toilette était restée entrouverte. L'épaisse nana pouvait voir les jambes et les pieds de Mâche-Toujours. Son Jules lui avait dit qu'il était assez pressé et ne pourrait pas rester longtemps avec elle. Le téléphone sonna. Simone vit la main de son chéri saisir l'appareil.

— Allô, j'écoute.

Le Charbonnier téléphonait de la cabine d'un café des Mureaux. Il venait de faire Louvre 15-95, numéro donné par l'inconnu du confessionnal.

— Ici Assauzac.
— J'écoute.
— C'est bien le chouchou à Léone?
— Lui-même.
— Le Cantalou est d'accord pour vous voir...
— Bien.
— Dans les plus brefs délais, si possible.
— D'accord. Il m'attend à sa planque?
— Oui.
— Et c'est où?

156

— Me prends pas pour une patate! (Le Charbonnier s'était remis à tutoyer Mâche-Toujours.) A la planque de Dieudonné, tu iras sous mon escorte. Pas autrement.

— Je vois que vous tenez à votre idée...

— C'est oui ou c'est non?

— C'est oui... Pas moyen de faire autrement.

— Je vais donc savoir qui tu es...

— Ça tombe sous le sens.

— Dis-le moi maintenant, ça gagnera du temps.

— Faut pas se précipiter, mon pote. Vous le verrez bien tout à l'heure...

— Maintenant ou tout à l'heure, je vois pas la différence!

— Je ne suis pas seul... (« Duchiffre » avait baissé la voix, à cause de Simone.) Et ici, je suis Jacquot. Jacquot et personne d'autre.

— J'ai compris. T'es avec quelqu'un qui connaît pas ton vrai blase... Une gonzesse?

— Exact.

— Bien. J'insiste pas. Et attention : pas d'arme sur toi. T'en as une.

— J'ai une arme. Mais je ne l'emporterai pas. Vous me fouillerez.

— Je te prends où? Là où tu es en ce moment?

— Non... Ailleurs.

— Et où ça, Jacquot?

— Ouvrez vos oreilles...

Le Charbonnier venait de raccrocher. Il ne s'agissait pas de traîner. « Duchiffre » lui avait indiqué où il pourrait être joint rapidement. Assauzac avait pris note, mentalement. Le détenteur du chiffre attendrait la venue du Charbonnier.

— Qui c'était, Jacquot? demanda la grosse Simone, toujours dans le cabinet de toilette.

— T'occupe, fit son amant, de la chambre.

— Tu pars déjà ?

L'homme était en train de se rhabiller en hâte.

Au volant de sa 404, le Charbonnier fonçait sur Paris. Il était pressé. D'ici une heure et demie, le Cantalou saurait qui était « Duchiffre ». Il l'aurait devant lui. Lui, Assauzac, connaîtrait le nom du gars d'ici une demi-heure environ. Dès son arrivée dans la capitale, il joindrait le « traître » de la bande à Sco et le conduirait dare-dare à Bois d'Arcy. A présent le marchand de charbon avait une vague idée sur l'identité de l'homme au chiffre. Il entendit encore le type lui dire où il pourrait être touché promptement...

« Y a pas à dire, songea-t-il, ce ne peut être que... »

Soudain, il sursauta :

« Merde! »

Il venait seulement de se rendre compte qu'il avait remis cinq fiches, cinq noms au tueur! Un homme de trop. Par étourderie — et surtout, victime des vapeurs de l'alcool — il avait procédé comme s'il n'avait jamais rencontré personne dans le confession-

nal de l'église Saint-Christophe! Il avait mis la char-
rue avant les bœufs. Alors que l'opération, logique-
ment, eût consisté à connaître d'abord l'identité du
type à épargner et à fournir ensuite quatre noms
à Stankovic, il avait donné d'emblée cinq blases au
Yougoslave. Un de trop : celui du type qui était
seul à connaître le mot-clé du coffre-fort. Il
s'était emmêlé les cannes comme c'est pas permis!

« Quel potage, ma mère! Je deviens braque, moi,
ma parole! Et ce tueur qui est lâché dans Paris,
qui ne sait rien! »

Il prit sans attendre la décision de foncer à tombeau
ouvert sur Saint-Lazare et de cueillir le Croate à
l'arrivée du train. Mais pourrait-il vraiment le retrouver, le rattraper dans l'immensité de la salle des pas
perdus? C'était pourtant indispensable! Stankovic
ignorait forcément qu'il y avait un type de trop dans la
liste des condamnés, une fiche à déchirer dès maintenant. C'était pas cinq gars qu'il avait à liquider, mais
quatre.

« Bon Dieu de bon Dieu!... Ah! pour une connerie! J'en ferai jamais d'autres!.... »

Dans la tête d'Assauzac, ça bouillait. Le Ponot, lui,
était au courant; il savait que, dans la bande des
Malurous, il y avait un grâcié. (Sans pouvoir dire
lequel, évidemment.) Mais Muyrols n'était pas censé
savoir que la liste que détenait le Croate comportait
un nom supplémentaire!

Assauzac se dit que le train devait avoir pas mal
d'avance sur sa 404; surtout en tenant compte du
fait que, toujours assoiffé, il n'avait pu s'empêcher de
s'arrêter deux fois pour picoler! Aux Mureaux, d'abord,
puis, juste avant de tomber dans la N.13, dans une

159

auberge à coup de fusil où il avait vidé le quart d'une bouteille de whisky. Une fois de plus, il était à moitié rond. Et son étourderie monumentale lui causait d'énormes soucis. Allait-il pouvoir réparer les pots cassés? Que faire? Foncer à Saint-Lazare et y attendre le tueur? Non. Il n'en avait plus le temps. Aller immédiatement chercher « Duchiffre »? C'était la meilleure solution. Il se dit que, tout compte fait, il n'y avait pas lieu de s'inquiéter outre mesure. En supposant que Stankovic ait choisi le gars au chiffre comme première cible, le Croate n'avait pas suffisamment d'avance sur Assauzac pour commettre l'irréparable.

Il accéléra encore; la voiture monta à 145... 155...

Dans le compartiment du Mantes-Paris, où il était seul, Stankovic sortit les cinq fiches de sa poche et les relut Il avait déjà les cinq noms en tête. Sco Bellaf, Vargaignas le Marseillais et le Tunisien lui paraissaient les plus dangereux, les plus capables de lui donner du fil à retordre. Avec le Grec et l'Orphelin, il ne savait trop pourquoi, il prévoyait la besogne moins ardue. Par lequel commencer? Et allait-il pouvoir les trouver, dans cette immense forêt qu'est Paris? Les renseignements qu'il possédait allaient-ils suffire?

Il n'allait pas pouvoir prendre le temps de dormir. A soixante-dix piges! On n'avait donc pas pitié de lui? S'il échouait, les autres fumiers allaient lui tuer son chien. Mais s'il réussissait... Vingt-cinq millions. La Côte d'Azur, avec le soleil, la bonne nourriture, la détente, la mer... Dans ces conditions, peut-être pourrait-il atteindre quatre-vingts berges. Et pourquoi pas quatre-vingt-dix, comme son grand-père, ou quatre-vingt-quatorze, comme sa tante et son grandoncle de Bjelovar? Foutaises! Il n'irait pas si loin, même avec dix fois plus d'or. Et pourquoi ne pas retourner au pays? Non. Tito pourrait lui prendre son blé ou le foutre en prison en tant qu'ancien partisan des Oustachis. La Côte d'Azur, adjugée! Il plia les listes, les remit dans sa poche. Il fut alors pris d'une quinte de toux. Ça le reprenait. Et ce feu dans la poitrine! Le midi. Le temps sec. Ça urgeait vraiment. Mieux que tous les toubibs du monde, son petit magot mignon l'aiderait à se refaire une santé.

Après avoir traversé Paris d'ouest en est, le Ponot venait d'arriver à Charenton. Sa baraque se tenait sur le quai des Carrières, face à la Seine. L'endroit était désert. Ses voisins les plus proches étaient les gardiens d'une petit usine de matériel électronique, quatre cents mètres plus loin; entre lui et eux : des terrains vagues, des entrepôts désaffectés.

En usant de précautions, il avait détaché le chien et l'avait enfermé dans une chambre où il pouvait regarder grâce à un judas pratiqué dans le mur. Il avait donné un restant de soupe, un plat de compote de pommes et un bol d'eau à l'animal. Puis il s'était cuit un bifteck et des pâtes. Il avait mis son couvert près de l'appareil téléphonique, dans l'attente de nouvelles du tueur. Un fusil Gras, de chasse, était posé près de lui, chargé. Il avait ouvert la télé et, en

161

mangeant, regardait la *Piste aux Etoiles*. Dehors, il pleuvait et le vent soufflait sur la Seine.

Il se ferait un bon café, bien fort, afin de ne pas dormir et d'être prêt à toute éventualité.

Il pensa à cette extraordinaire lessiveuse enfermée dans la ferme provençale. Si tout marchait bien, il allait pouvoir s'offrir les bâtiments ruraux, l'impressionnant bétail et les terres du vieux Gagnauzat qui venait de faire le grand saut, près de La Chaise-Dieu; la « Boraillère » allait être mise en vente; il l'avait appris par la dernière lettre de sa cousine. Un des plus riches fermiers de la région du Puy qu'il deviendrait! Nul — pas même sa cousine — ne connaîtrait la provenance exacte de ses sous; il enterrerait son avoir dans le clos et, en bon gars de la Haute-Loire, placerait tout cela peu à peu, en valeurs sûres; pour l'achat du domaine, il laisserait entendre qu'il avait fait de bonnes affaires à Paris; il resterait évasif, permettrait aux imaginations d'aller bon train... Et puis, peut-être ne retournerait-il pas au pays tout de suite. Il pourrait, par exemple, faire l'acquisition d'un bistrot. La *Chope de la Marne,* près du pont de Charenton, était justement à vendre...

La 404 du Charbonnier roulait beaucoup trop vite; et il pleuvait. La nuit, Assauzac voyait très mal, et, pour couronner le tout, il était mûr pour faire péter tous les alcootests du département! Au lieu-dit la Maladrerie, un peu avant Saint-Germain-en-Laye, il voulut doubler une ID 19 qui filait pourtant à bonne allure, et dans sa manœuvre mal négociée, se touva nez-à-nez avec un semi-remorque. Il freina à mort, mais trop tard. Le choc fut effroyable.

Il était 21 heures 51.

Le train de Mantes roulait au pas, entrait dans la gare Saint-Lazare. Stankovic était dans le couloir, les mains dans les poches, serrant la crosse de son 9 mm.

A Charenton, le Ponot terminait de dîner, soulagé parce que le chien enfermé avait enfin cessé d'aboyer.

A Bois d'Arcy, le Cantalou, toujours face au parc, rongeait son frein, se retenant de sortir de la maison, de chercher une voiture et de foncer dans le Vaucluse. Mais il n'avait pas le chiffre du coffre, et cette lacune le retenait.

Il se demanda une fois de plus ce que faisait le Charbonnier. Celui-ci allait-il enfin s'amener avec « Duchiffre »? Il en avait plein les bottes de se poser des questions. Il regarda la pendulette. 21 heures 56.

« A dix heures un quart, se dit-il, j'appellerai Laurette. Elle sait peut-être quelque chose. J'espère qu'elle sera avenue Ernest Renan!.. »

*
**

Dans Paris, Sco et trois des Malurous étaient en train de se demander où pouvait bien être planqué Chavadou. Les quatre hommes avaient leur arme prête. Les trois « sous-fifres » étaient dans l'attente d'un signe de Sco. Le cinquième Malurou — le « traître » — attendait dans l'anxiété que le Char-bonnier veuille bien le contacter.

Dans l'appartement de l'avenue Ernest Renan, le téléphone sonna. Laurette posa la *Poche Noire* qu'elle était en train de lire et décrocha. Elle pâlit. On l'appelait d'une station-service de la Maladrerie, sur la N. 13, près de Saint-Germain-en-Laye. Alex venait d'être victime d'un grave accident. Il était entre la vie et la mort et désirait lui parler. On la priait de venir immédiatement, de faire très vite.

Elle raccrocha, saisit son manteau...

La 404 était encastrée sous l'avant du semi-remor-que. Malgré la nuit et la pluie, une trentaine de curieux entouraient les deux véhicules. Des voitures stationnaient sur le bas-côté, et celles qui ne s'arrê-taient pas passaient au ralenti. On attendait les gen-darmes et une ambulance. Le Charbonnier, qui ne mettait jamais de ceinture de sécurité, avait été éjecté et s'était retrouvé à moitié déshabillé, avec une plaie à la tête et les jambes brisées. En dépit des protesta-tions de plusieurs personnes, le pompiste et le conduc-teur du semi-remorque avaient transporté Assauzac dans la station. On avait fait boire du cognac à l'acci-denté. Le pompiste, ayant jugé, à première vue, le blessé peu atteint, s'était dit que le type à la Peugeot avait eu une sacrée veine.

Mais le Charbonnier n'avait pas tardé à hoqueter, à pâlir, à baver un peu de sang, et tout le monde avait compris qu'il allait y passer.

Il avait balbutié :

— Appelez d'urgence... Mlle Laurette Ribeyre... Vaugirard 81-86... Vite!.. Je vous en supplie... Très urgent...

Le pompiste s'était précipité sur son appareil téléphonique et avait obtenu la personne demandée...

Malgré la pluie, la petite Fiat 600 de Laurette fonçait à toute allure vers Saint-Germain-en-Laye.

Dans l'appartement vide de l'avenue Ernest Renan, le téléphone sonnait, sonnait...

Le tueur entra dans une brasserie de la rue d'Amsterdam; il descendit au téléphone, fit Entrepôt 01-07.

A la sonnerie, le Ponot sursauta. Il ferma le son de la télé, décrocha, et écouta tout en regardant les images sur le petit écran. C'était Stankovic. Il venait d'arriver à Paris. Il allait descendre son premier client.

— Par qui tu commences, fils? ricana le Ponot.

— Sais pas. Je vous dirai ça quand ça sera fait.

— Perds pas ton temps, tueur! Grouille-toi!

— Comment va mon chien?

— Bien. T'inquiète pas. C'est demain à midi qu'il ira mal, si t'as pas fait tes quatre petits cartons.

— Cinq.

— Pardon?

— Rien.

« Qu'est-ce qu'il débloque, ce vioc? » se dit le Ponot qui pensa tout de suite à autre chose. Sur le petit écran, il y avait des clowns, et ça amusait follement le gars du Puy.

Le vieux lui demanda encore des nouvelles de son chien, puis dit qu'il ne s'ennuyait pas mais qu'il était pressé.

— Te fais pas de bile! lança le Ponot. A ton premier tué, t'auras droit à un aboiement de ton klebs au bigophone. Salut, Tueur. Grouille-toi!

Il raccrocha.

Rue d'Amsterdam, Stankovic but un demi pression, sortit du café et se mit à la recherche de sa première victime.

*
* *

Quand Laurette arriva à la Station-service, on lui dit qu'on avait conduit l'accidenté, très mal en point, à l'hôpital de Saint-Germain. Elle roula comme une dératée. Salle 15. Vite. Alexis vivait encore. Un interne coulant autorisa la jeune femme à se rendre auprès du comateux. Le Charbonnier était au bout du rouleau Pas beau à voir. Et là, c'était sûr, son Cantal, il ne le reverrait jamais. Il put parler à Laurette, d'une voix hachée :

— Stankovic... le tueur... doit... cette nuit... avant demain midi... descendre les... Malurous... Mais celui qui connaît le chiffre... est en trop...

Rapidement (il tenait grâce au sérum donné au goutte à goutte, l'aiguille fichée dans un bras), il

166

raconta l'essentiel de l'histoire à Laurette. Sans oublier de parler du chien enfermé chez le Ponot. Il allait revenir sur le type à ne pas tuer, quand il eut un affreux hoquet; elle crut bien qu'il allait y passer.

— Mais qui est ce type, Alex?... Qui? Le nom!...

— Dire que Dieudonné ne sait même pas qui c'est... Moi, j'ai mon idée... et...

— Le nom, Alex! Vite!

Mais il venait de rendre l'âme et Laurette se dit que, bientôt, le spectre du Charbonnier allait errer, là-bas, sur les hauteurs brumeuses de la Margeride...

La jeune femme sortit en larmes de la chambre, mais elle était fermement résolue à sauver les meubles, à permettre la réussite de l'entreprise. Ces barres d'or, il les lui fallait. Et elle partirait, riche, avec le Cantalou — qu'elle aimait beaucoup.

Elle alla dans les toilettes « visiteurs » se refaire une beauté, regarda le petit calibre qu'elle avait dans son sac. Elle regagna sa voiture. Au volant, elle pensa qu'elle allait enfin pouvoir prendre des initiatives et sauver le magot de la ferme. Sans magot, tout était fichu. Que deviendrait-elle? Dans une dèche noire, toute liaison avec le Cantalou serait impossible. Un homme, un vrai de vrai comme le Cantalou, ça l'intéressait énormément. Chavadou, elle l'aimait bien, et était prête à l'aimer davantage — mais pas sans barres d'or.

Avant de démarrer, elle réfléchit encore. Elle oubliait déjà la peine que venait de lui causer la mort brutale du Charbonnier. Cependant l'heure n'était pas aux larmes mais aux décisions rapides.

Que faire?

Où était le Croate, à cette heure? Avait-il commencé sa sinistre tournée? Et si le premier tué était justement celui qu'il ne fallait surtout pas tuer?

Que faire?

Elle choisit finalement la solution qui lui parut la plus raisonnable : avertir immédiatement le Cantalou.

Appeler le 9 à Bois d'Arcy? Raconter tout cela au téléphone? Non. Il valait mieux aller carrément là-bas, dans la maison de feu son oncle.

La petite Fiat démarra et, par Marly, fonça à Bois d'Arcy qui n'était pas très loin.

XIII

Nuit du jeudi au vendredi

23 heures 10.

Avenue de Wagram, la *Brasserie de l'Aiglon* avait fait le plein avec la sortie des cinémas voisins.

Derrière le comptoir, tout en servant des demis et des jus de fruits, Ambroise dit l'Orphelin observait du coin de l'œil, dans une glace, un couple installé à une table de l'arrière-salle et qui se faisait des papouilles. La fille, une brune un peu forte, avait la jupe relevée haut et les cuisses entrouvertes; Ambroise, le regard brillant, trouva le jeton de première bourre. Il abandonna le tableau, regarda machinalement la pendule et se demanda si Sco avait trouvé la trace du Cantalou.

Le garçon se préparait à quitter le comptoir quand un vieux type aux yeux bleus, qui se tenait droit comme un I et n'avait pas l'air d'une mauviette, lui demanda un panaché.

Ambroise hésita, soupira, puis, sans amabilité, servit Stankovic, jetant le demi devant le client, l'éclaboussant presque.

— Merci, M. Ambroise, dit doucement le tueur en regardant le loufiat droit dans les yeux.

Le garçon fut un peu étonné de s'entendre appeler par son nom. Le vieux n'était pas un habitué. Comment avait-il appris son blaze?

— Vous me connaissez?

— Comme ça...

— Je ne me souviens pas de vous avoir vu ici... et...

Mais le vieux lui tournait déjà le dos, placé devant le billard électrique. Dans le tableau de l'appareil, Stankovic surveillait le loufiat. Mais Ambroise laissa tomber. Il quitta le comptoir, fendit la foule des clients, se rendit au sous-sol, sans avoir omis de regarder une dernière fois, au passage, la fille aux cuisses ouvertes.

En bas, il alla se donner un coup de peigne dans les toilettes « messieurs ». Il reconnut le vieux qui était dans l'urinoir et semblait le mater.

« Qu'est-ce que c'est que cette vieille tante? » se dit-il.

Le loufiat pensait aux cuisses de la fille de la salle. Il passa dans les toilettes « dames », entra dans le water sans refermer la porte; il sortit de sa poche un petit crayon, en mouilla la mine et, au milieu des nombreux dessins et inscriptions pornographiques qui s'étalaient sur le mur — beaucoup étaient de lui — il commença à écrire quelque chose.

Le vieux s'approcha de lui. Ambroise était toujours face au mur, le crayon entre les doigts. Du coin de l'œil, il regarda Stankovic.

« Un poulet des mœurs? Trop vioc... »

Subitement, le garçon de café pensa au Cantalou, puis au 6.65 qu'il avait dans une poche de son pardessus. Il voulut aller prendre son arme dans son vestiaire. Mais le Croate fut plus rapide; il exhiba son 9 mm muni du silencieux, et visa Ambroise à la tête.

Stankovic remonta dans la salle, laissa son panaché sur le zinc et, sans être remarqué, fendit la foule des consommateurs. Il s'éloigna en direction de l'Etoile. Il chercha la fiche « Ambroise », la roula en boule et, prêt à traverser l'avenue de Wagram, la jeta dans une bouche d'égout.

Une pendule de café marquait 23 heures 17.

Le Cantalou saisit son Sauer & Sohn. Le bruit d'une voiture roulant sur le gravier d'une allée du parc l'avait fait sursauter. Il bondit sur le lampadaire, ferma la lumière et se posta, aux aguets, dans l'encoignure d'une porte-fenêtre; il souleva légèrement le rideau et regarda dans le parc. Un double faisceau lumineux éclaira bientôt la façade de la maison et la Fiat de Laurette sortit de sous les arbres, s'arrêta.

Le Cantalou reconnut immédiatement la petite voiture et la silhouette de la jeune femme vêtue d'un manteau de murmel très serré à la taille. Rassuré, il rempocha son arme, ouvrit la porte, alla à la rencontre de Laurette.

Ils étaient dans un profond fauteuil. Elle était blottie dans ses bras; il lui caressait doucement les cheveux. Ainsi, Alex était mort. Bêtement. Bituré comme d'habitude. Le litron avait finalement eu raison de lui.

Malgré la présence de Laurette, si près de lui, le Cantalou faisait une mine plus sinistre encore que celle qu'il avait eue, le 3 février 1958, à 16 heures 15, quand il s'était entendu condamner à quinze ans de travaux forcés par les assises des Alpes Maritimes.

Le Charbonnier mort avec son secret. Parce qu'on ne savait toujours pas qui, des quatre hommes à Sco, était celui qu'Alexis devait conduire à Bois d'Arcy.

Gentille, les yeux encore rougis de larmes, Laurette s'était déshabillée. Mais le Cantalou était ailleurs, bien ailleurs, à tel point qu'il en oubliait le désir, pourtant si fort, qu'il avait pour la belle Auvergnate. Chavadou cogitait à s'en faire mal à la tête. Il tournait en rond, désemparé. Et le tueur! Le tueur qui devait être en train de faire son sale boulot, avec le maximum d'efficacité, le maximum de rendement, bien décidé à satisfaire au maximum le client. Ça faisait beaucoup de maxis, ça! Le tueur, à l'œuvre, agissant sans penser, comme un robot, lancé pour verser ses cinq pintes de raisiné!

Il fallait arrêter tout ça, stopper l'inexorable mécanique. Mais comment procéder? Pour Chavadou, il ne pouvait être question de se montrer. L'exhibitionnisme était fortement déconseillé. S'il montrait son nez dehors, les autres ne mettraient pas longtemps à l'avoir. Quatre contre un! Ce n'était pas par lâcheté, par peur qu'il hésitait à sortir, mais pour les barres d'or, pour pouvoir commencer sa vie à cinquante-deux ans, pour Laurette qui était à lui maintenant, et s'approchait de lui, désirable en diable, laissait glisser son soutien-gorge, le collant déjà retiré, se serrait contre lui, lui tendait les lèvres, mêlait ses longues jambes dures aux siennes...

— Il y a autre chose à penser, poulette...

Il ne put s'empêcher, pourtant, de l'étreindre puis de l'entraîner vers un fauteuil dont les bras n'étaient pas exagérément éloignés l'un de l'autre et qui, dans l'esprit de Chavadou, ferait parfaitement l'affaire.

Le tueur descendit dans la galerie de la station de métro George V, encore ouverte au public, et appela Entrepôt 01-07.

— Le Ponot?

— Lui-même.

— Stanko.

— Je l'aurais juré.

— Je viens d'en descendre un.

— Bravo. Lequel?

— Le loufiat, avenue de Wagram.

— Ambroise... Ça s'est bien passé?

— Correct.

— Il n'a rien dit?

— Rien. Ça a duré dix secondes. Dans les chiottes du café.

— J'espère qu'on va le retrouver rapidement.

— Sûrement.

— T'es où?

— A George V. Dans le métro.

— Au suivant, alors?

— Comment va mon chien?

— Bien. T'en fais pas.

— Je voudrais l'entendre. Vous m'aviez promis un aboiement.

— Fais pas chier. Une autre fois. Il dort, ton cador.

— Vous êtes pas chic. Vous m'aviez promis...

— Ton klebs va bien. Continue ton petit boulot de chef et tu le reverras.

— Si vous lui touchez un seul poil...

— Oh! écrase! J'ai autre chose à foutre que de martyriser les klebs! Si j'y touche, ce sera pour le descendre. Allez! Salut, tueur. Grouille-toi.

Le Croate raccrocha. Il alla prendre un billet pour se rendre à Saint-Germain-des-Prés. Il pensait, amusé, que, pour ne pas perdre un temps précieux, les tueurs modèles prennent le métro.

*
* *

Minuit douze.

Une cliente venait de découvrir le corps d'Ambroise dans les toilettes « dames » de la *Brasserie de l'Aiglon*, avenue de Wagram. La police était déjà sur les lieux.

L'O.P. Réveilleur venait de constater que le loufiat avait été tué d'une balle dans la tête. Les techniciens de l'Identité Judiciaire et le commissaire prin-

cipal Chombart de la brigade criminelle étaient atten-
dus.

A une heure moins le quart, les gens du 36 savaient
déjà qu'il s'agissait presque certainement d'un crime
du milieu. Louis Ambroise figurait aux sommiers de
la P.J. Il avait été condamné, une fois pour de menus
cambriolages, une autre fois pour une atteinte aux
mœurs, et soupçonné d'avoir participé au braquage
de Nice, en juin 57, en compagnie de Dieudonné le
Cantalou. (Mais, faute de preuves, il n'avait pas été
inquiété pour l'affaire du fourgon blindé.)

*
* *

Laurette était rhabillée. Elle et Chavadou n'étaient
restés que vingt minutes dans le fauteuil et sur le
tapis du salon, en se promettant de se rattraper plus
tard.

— Dépêche-toi, poulette. Il n'y a que cette solution. Il faut à tout prix que tu t'arranges pour retrouver ce tueur et lui parler, l'empêcher de continuer
ses malheurs... Il n'est pas trop tard.

Chavadou avait dressé à l'intention de la jeune
femme une liste des cinq Malurous.

Il répéta à Laurette :

— Tu vas agir comme une grande. Ces barres d'or,
faut qu'on les ait, hein, fifille! *Lo moment es vengut
que aja d'argent. Dos morcels* (1). Toi et moi.

A l'entendre s'exprimer dans son jargon cantalou,
elle sourit.

(1) Il est temps que j'aie de l'argent. Part à deux.

— Ce n'est pas des barres d'or, que je veux, Dieu. C'est vivre près de toi.

— Je ne peux vivre que libre, Laurette. Et la liberté sans fric, ça n'existe pas. Donc...

Il reprit :

— Avec la liste que je t'ai donnée, tu essaies de retrouver le tueur. Mais fais très attention, hein!

A l'hôpital de Saint-Germain-en-Laye, le Charbonnier avait pu donner à Laurette le nom du tueur. Stankovic. Elle avait répété le nom serbo-croate au Cantalou. Stankovic, il connaissait ça. Alex devait lui en avoir parlé un jour. Le type ne devait plus être tout jeune; mais le Charbonnier avait eu la main heureuse; le Yougoslave était, paraît-il, un éxécuteur de première qualité.

A l'agonie, Assauzac avait décrit le tueur à Laurette. Faisant dans les soixante-cinq berges. Grand et sec. Visage osseux. Pommettes saillantes. Yeux bleus. Accent serbe insignifiant. Il n'y avait pas à se tromper.

— Si tu ne le trouves pas, dit Chavadou, ne perds pas ton temps à le rechercher... Si tu fais chou blanc, t'appelles le Ponot. Puisque c'est chez le Ponot qu'est le klébar... C'est bien ce qu'Alex t'a raconté?

— C'est cela même, Dieu. Il était encore très lucide, tu sais.

« Pardi! pensa le Cantalou. L'accident l'avait dessoulé, tiens! On le serait à moins! Le Ponot... Un copain de la bande... Un des très rares Auverpins de Paris à être sorti du droit chemin... » Dieu le connaissait bien, le Ponot.

— Tu vas voir le Ponot s'il le faut, fit Chavadou. D'ailleurs, je peux très bien l'appeler...

Il marchait sur le téléphone. Il sursauta, s'arrêta pile. Le Ponot... Ça faisait tout de même un bail qu'il ne l'avait pas vu, celui-là! Il habitait où? Dans le temps, il logeait vers le Blanc-Mesnil. Mais aujourd'hui? Aujourd'hui, hein?

— Il t'a pas donné le téléphone du Ponot, Alex?

— Ma foi non... Il n'a pas eu le temps. Il m'a juste dit : quai des Carrières, à Charenton. Une vieille baraque à moitié en bois, avec son nom et une inscription « vente et achats » de je ne sais quoi... Des saletés, je crois... De la brocante...

— Quai des Carrières... Avec ça! Naturellement, ici, il n'y a pas de bottins.

— Il y en avait dans le bureau de mon oncle, mais je les ai bazardés. En demandant aux renseignements...

— Bravo!

Il allait décrocher, s'arrêta pile une fois encore :

— Merde! C'est comment, son vrai blase, au Ponot?

Elle fit la moue; ils eurent presque envie d'éclater de rire tant la situation se compliquait. Depuis des années, dans le mitan auverpin, on appelait le Ponot le Ponot. Jamais Muyrols.

— Son nom, je crois bien que je ne l'ai jamais su, fit le Cantalou. Je peux tout de même pas demander à la préposée de me donner le crin-crin d'un nommé le Ponot, quai des Carrières à Charenton. Et, si ma mémoire est bonne, il est long le quai des Carrières!

— On ne peut pas non plus demander le numéro de tous les abonnés du quai.

— Surtout à cette heure-là!

— Si seulement il y avait un café ouvert... Mais à Bois d'Arcy, tu penses!

— Un café? Pourquoi faire?

— Pour feuilleter un bottin, tiens...

— Allons... Allons... Soyons sérieux, Laurette.

— Avec la voiture, je pourrais filer là-bas, quai des Carrières... Je verrais bien sa baraque, à ton Ponot... Des taules à brocante, il doit pas y en avoir des tas.

— Je t'accompagne.

Elle dut l'en dissuader — par la douceur, parce que, par la force, elle n'eut pu faire grand-chose.

— Non, Dieu... Ne quitte pas cette maison. Fais-le pour moi. Laisse-moi m'en charger. Je t'appellerai.

Il fit un peu la gueule. Laisser une frangine — et quelle frangine! — prendre tous les risques, ça lui plaisait pas du tout, comme rôle! « L'armons-nous et partez! », c'était pas du tout son truc! Rester les miches calées dans un fauteuil, bien au chaud, alors qu'un être faible s'en va pour vous au-devant des pires dangers, ça faisait pas du tout son affaire. Sans aller se prendre pour un héros, il estimait quand même être un homme, et laisser une fille jouer à votre place les fantassins, c'était pas un comportement d'homme, ça! Pas du tout! Ça faisait plutôt partie du rayon loquedu!

— Je t'accompagne, Laurette, insista-t-il. Tu me prends pour qui?

Pour lui clouer le bec, elle lui roula une longue pelle — et, sous le charme, il dut s'incliner. N'empêche...

— Sois très prudente, petite.

Elle entrouvrit son sac, montra le petit 6.35. Il approuva.

Ils s'embrassèrent encore, puis elle fila. Par la fenêtre, Chavadou regarda la Fiat effectuer un demi-tour sur le gravier du parc.

XIV

Nuit du jeudi au vendredi

Une heure du matin.
Christoliane.
Locomotive Brown n'était pas encore couché; il
avait fait plusieurs parties de dominos dans la salle
du café-hôtel. Puis, malgré le temps plutôt frais,
il était parti, chaudement couvert, faire une petite
promenade nocturne.

Il se trouvait tout près du chantier militaire, en
compagnie du brigadier Baboulet; les deux gaillards
ne se tenaient pas par la main, mais c'était tout
comme. Ils étaient assis sur un rocher, près du gouffre. La grosse charmante complimentait le gendarme
pour la couleur de ses cheveux; puis les deux gen-
tilles se mirent à parler shampooing.

Bientôt, le yéyé bâilla et dit bonsoir au Schmit
en laissant un certain temps sa grosse main molle
dans celle, plus ferme, de l'homme de la maréchaussée. Brown regagna son hôtel. La journée de vendredi
avait une heure. L'ex-yéyé se demanda si le Cantalou
allait ou non venir à Christoliane; il se demanda

s'il aurait le courage de le tuer. Auparavant, il faudrait essayer de voir si l'Auvergnat connaissait le chiffre du coffre-fort.

Brown se coucha et, avant d'éteindre la lumière,
vérifia son automatique 45 et le glissa sous son
traversin. Il s'endormit en pensant aux cheveux extra-
ordinairement fins et lumineux du gendarme Baboulet.

**
*

Avenue de Wagram, la *Brasserie de l'Aiglon* était
pleine de policiers en civil. Les « techniques » se
trouvaient au sous-sol, dans les toilettes, où ils rele-
vaient les empreintes digitales et photographiaient
sous d'innombrables angles le cadavre de Louis Ambroise. Un O.P. stagiaire regardait les graffiti pornographiques sur les murs des W-C « dames ».

« A vous faire vomir! » pensa-t-il.

**
*

A peu près à la même heure, Laurette, au volant
de sa Fiat 600, roulait vers la porte de Saint-Cloud.

A Charenton, le Ponot somnolait, assis devant la
table où traînaient encore des reliefs de son dîner.
Le chien prisonnier ne dormait pas. De temps à
autre, il se dressait sur ses pattes inférieures et grattait
la porte. Dans son demi-sommeil, le Ponot se demandait où pouvait bien être planqué le Cantalou. Et le
Charbonnier? Où était-il, en ce moment? Peut-être
avec le Cantalou? Et le tueur? Stankovic allait-il bientôt l'appeler pour lui apprendre son deuxième moucha-
ge?

181

Sco Bellaf avait fait un saut avenue Ernest Renan, à l'appartement du Charbonnier. Il s'était dit que, d'Assauzac il pourrait remonter jusqu'à la planque du Cantalou.

Il n'avait pas vu de lumière aux fenêtres du quatrième étage; il était monté, le Blackhawk 357 prêt, avait sonné. Pas de réponse.

Il avait fait le pied de grue près d'une heure, dans la rue, installé au volant de sa D.S., puis, en attendant mieux, s'était rendu à Saint-Germain-des-Prés, dans la rue Saint-Benoît, pour y rencontrer le fils d'un grossium, un yéyé sur le retour qu'il faisait chanter et qui lui devait une pincée de fric.

Sur la fiche remise par le Charbonnier, Stankovic avait relevé le nom des bars dans lesquels Sco avait l'habitude de se rendre. Il venait de visiter ceux de la rue des Ciseaux, dans le sixième, et arpentait la rue Saint-Benoît, encore assez animée, quand il s'immobilisa brusquement et se cacha dans l'encoignure de l'entrée d'un restaurant. Il venait de reconnaître Sco qui sortait d'une boîte, accompagné d'un grand minet blond.

Vargaignas le Marseillais ne s'était pas couché; il se trouvait dans son bureau, un paquet de cigarettes entamé et un journal de courses devant lui, et attendait un hypothétique coup de fil. Son arme, un Zulaica 22, se tenait prête, à portée de sa main.

*
* *

Dans son logement de la rue de Flandre, au-dessus de son « bains-douches », le Grec dormait à côté de sa femme, une Aixoise très grasse et très brune. La veille au soir, Constantinidis avait préparé le revolver d'ordonnance qu'il avait acheté à un marin hollandais, à Marseille, des années plus tôt, et glissé l'arme dans la poche intérieure de son veston, lequel était posé sur une chaise, à côté du lit.

*
* *

Hammagui, le gorille de Patrick Lober, était assis devant un Schweppes, dans un bistrot de la place Jeanne d'Arc exceptionnellement ouvert la nuit. La salle du café était pleine de machinistes, de maquilleuses, de frimants et le toutim. On tournait un film. Lober travaillait à une scène de nuit, sur la place, face à l'église. La vedette venait de refaire la séquence pour la septième fois. Hammagui pesta contre le metteur en scène inspiré qui travaillait dans le génie, prenait des prises comme on distribue des petits pains à la confiture, recherchait Dieu sait quel angle de prise de vue et voulait obtenir l'impossible de l'acteur.

« Autant tirer du petit lait d'un morceau de plâtre », se dit Hammagui en commandant un sixième Schweppes — il avait l'estomac plein de gargouillements et lâchait des rots à tout bout de champ. De temps en temps, il sentait le gros P. 38 qui gonflait sa poche intérieure. Il regarda l'heure et se demanda où était Sco, s'il avait retrouvé le Cantalou. Il avait hâte de quitter ce troquet enfumé. Pour se changer les idées, il entra en conversation avec sa voisine, une brune aux yeux vicieux qui avait un bout de rôle dans le film et qui — elle en voulait sûrement — n'arrêtait pas de reluquer Hammagui depuis un quart d'heure.

XV

Nuit du jeudi au vendredi

Dans un bar de la rue des Ciseaux, en tendant
l'oreille, Stankovic avait appris par des comédiens
qui consommaient à côté de lui, entre autres potins
sur Pierre ou Paul, que Patrick Lober tournait cette
nuit place Jeanne d'Arc.

Avant de prendre un taxi qui le conduirait dans
le treizième, il avait fait un crochet par la rue Saint-
Benoît. Pour y voir qui? Le plus beau gibier du lot :
Sco Bellaf.

*
**

Stankovic suivait l'impresario à la manque et le
minet vers la place Saint-Germain. Le tueur s'éton-
nait un peu de voir tant de monde dans le coin à
à cette heure tardive.

En traversant la rue Guillaume Apollinaire, il
faillit se faire renverser par un coupé Mercury Cougar
bondé de jeunes gens et de jeunes filles à moitié
ivres. Un gars de la voiture le traita de con. Il
haussa les épaules, poussa un juron dans sa langue
natale, continua sa filature.

L'Espagnol et le minet se dirigeaient vers la rue de Rennes. Stankovic ne les quittait pas de l'œil, tout en tâtant dans sa poche d'imperméable la crosse chaude de son 9 mm.

« Vendredi, deux heures du mat' », se dit Chavadou.

Il s'efforçait de faire le point. Ne pouvant plus tenir en place, les nerfs en pelote, il avait enfilé son pardessus et s'était risqué dans le parc; il avait ouvert en grand une des portes-fenêtres du salon et ne s'éloignait pas de la maison, de façon à pouvoir entendre la sonnerie du téléphone si on l'appelait. Il allait et venait sur l'allée de graviers qui longeait la façade de la bâtisse, le Sauer & Sohn dans une de ses poches; il réfléchissait.

Il parlait tout seul, à voix basse. Il regarda les arbres que le vent faisait frissonner, puis rentra dans la maison

Il se servit un verre, resta planté devant le téléphone. Laurette allait bien l'appeler... Il décida d'attendre un peu. Il hésitait tout de même à se lancer dans Paris, à la merci du feu de Sco ou d'un autre.

« Tout cela est vraiment trop stupide! se dit-il. Plus d'un milliard d'or qui attend! Pas de chiffre! Et tous ces toquards qui veulent ma peau! »

En roulant sur Paris, Laurette pensait aux cinq Malurous, qu'elle connaissait surtout de nom, de réputation, et dont elle imaginait la physionomie d'après les indications données par le Charbonnier sur son lit de mort et les descriptions faites par le Cantalou. Elle pensait aux cinq types. Qui? Qui, parmi ces cinq hommes? D'office, il fallait éliminer le chef, Sco. Restaient les quatre autres. Il fallait essayer de deviner lequel des quatre pouvait avoir abandonné la cause de l'Espagnol pour épouser celle du Cantalou. Elle s'efforça de faire jouer son intuition de femme. Qui, parmi les quatre, attendait d'être conduit au Cantalou pour lui donner le chiffre? Si seulement elle pouvait mettre le doigt sur un nom...

Elle roulait sur la voie sur berges, en direction de la Concorde. Pourquoi élimina-t-elle le Marseillais? Elle n'eut su le dire. Le Grec, alors? Le Tunisien, lui, avec l'acteur à protéger, devait gagner pas mal d'argent. Peut-être lui, en ce cas. En effet, que pouvaient importer à Hammagui les plans crapuleux de Sco, alors que le compte en banque du secrétaire-gorille devait être bien garni?

Elle refléchissait encore en s'engouffrant à toute allure dans le souterrain conduisant à la Concorde; en en sortant, elle roula un peu puis tourna à gauche, traversa la place déserte et luisante de pluie, vira encore à gauche, attaqua les Champs-Elysées. Elle venait de se décider pour l'Orphelin. Pourquoi? Là aussi, elle n'eut su l'expliquer. Peut-être parce qu'il lui paraissait le plus vulnérable. Mais allait-elle encore le trouver, dans le café de l'avenue de Wagram? Certainement pas. Et, à part cet endroit, elle ne savait où le joindre.

Puisqu'elle était déjà au Rond-Point, elle continua tout de même à rouler vers l'Etoile. La plus belle avenue du monde était vide et triste sous la pluie. Au milieu de la voie, quelques taxis attendaient le client. Elle se dit que si la brasserie était fermée (et il fallait s'y attendre), elle filerait à Charenton pour y voir le Ponot.

En approchant de l'Arc de Triomphe, elle frissonna. Et si elle trouvait l'Orphelin — et si ce n'était pas lui le « traître »?... Tout bien réfléchi, la tâche lui paraissait insurmontable.

En s'engageant dans l'avenue de Wagram — direction place des Ternes —, elle ralentit. Elle vit la brasserie encore allumée, le car de flics stationnant devant, les trois 404 noires rangées en double file, les poulets — elle les reniflait à dix mètres — qui se trouvaient dans le café et sur le trottoir, et elle comprit que le loufiat avait déjà eu la visite du tueur. Elle passa lentement devant la brasserie, puis accéléra aussitôt, fonça dans la descente des Ternes. Elle se dit qu'il n'y avait plus qu'une chose à souhaiter : qu'Ambroise l'Orphelin ne soit pas le « bavard ».

Elle prit la rue du faubourg Saint-Honoré, la rue Royale, de nouveau la Concorde, puis les quais direction Charenton. Elle roulait comme une folle.

Sco et le minet entrèrent dans une maison de la rue du Dragon. Stankovic y pénétra dix secondes plus tard, s'immobilisa dans le vestibule, attendit. L'escalier s'alluma. Le Croate s'y dirigea à pas feutrés. Au premier étage, une porte se referma. Le tueur ne put voir laquelle — il y avait trois appartements. Il retourna dans la rue, furtif comme un chat, vit une grande fenêtre éclairée, à gauche en regardant la façade de l'immeuble; il revint dans la maison, s'engagea dans l'escalier. Premier étage. Porte de gauche.

La lumière s'éteignit alors qu'il arrivait à l'étage. Il colla une oreille à la porte tout en glissant le silencieux sur son 9 mm. Une quinte de toux le prit et il eut un mal fou à l'étouffer; son cœur battait à grands coups dans sa poitrine osseuse. Il se dit que, à se baguenauder comme ça dans les rues, la nuit, à son âge, il allait finir par chiper une bonne crève.

Dans le grand studio décoré à la pop'art, le minet prit de l'argent liquide dans un coffret : une liasse de billets de cent francs. Sco attendait, les mains dans les poches de son pardessus.

— Et ces photos, vous me les rendez quand? demanda le minet.

— Tu les auras, ma biche.

— Et les négatifs?

— Et les négatifs aussi, chouquette.

Le minet avait la liasse en main :

— Mon père a le bras long, vous savez.

— Moi aussi, j'ai le bras long, cristal.

Sco ricanait; il avait sorti une main de sa poche et montrait son Blackhawk. De l'autre main, il fouilla dans la tignasse du jeunot et le décoiffa :

— Fais pas ta teigne, coco! Et aboule le fric. Sinon, ton dab, pour sortir son môme du scandale, faudra qu'il ait le bras encore plus long. Compris, chevreuil?

Il prit la liasse, la fourra dans sa poche.

— Tu voudrais quand même pas que ton paternel soit traîné dans la mouscaille par la presse à scandale, hein, prunelle?

On sonna. Un petit coup discret, bref.

— T'attends quelqu'un, bras long?

— A cette heure-là... sûrement un copain.

— Un ou des copains? ricana Sco.

— Des. Sûrement.

— Partouzaga, beauté? Tu m'invites?

— Ta gueule! jeta le minet, excédé.

Il alla ouvrir sans méfiance. Le vieux Stankovic mit immédiatement un pied au bas de la porte et se rua dans le studio, le 9 en main. Rapidement, avec une vivacité de jeune homme, il referma la porte, poussa brutalement le minet dans le studio. Sco voulut sortir son arme. Trop tard. Lui et le fils de l'huile avaient le dos au mur, et le Croate les tenait en joue.

— Range ton arme, Sco, dit Stankovic.

Sco arrondit les yeux; il avait reconnu la face ridée, les yeux bleus :

— Stankovic!

— Pour te servir, mon gars.

— Je parie que c'est le Cantalou qui te paie pour...

— Ta gueule. Les tueurs ne discutent pas. Fallait m'engager avant lui... et m'offrir d'aussi beaux honoraires. Bouge pas.

Stankovic appuya le canon de son arme sur le cœur de Sco et tira. Il y eut le « plof » caractéristique du silencieux et l'Espagnol glissa le long du mur. A côté, le minet avait l'air du type qui fait dans ses culottes. Le Croate se tourna vers ce témoin gênant :

— Désolé. Je suis obligé...

Le minet, la face terrorisée, voulut se jeter en avant.

« Tout à coup, il a une face de vieux », se dit Stankovic en tirant.

Il enjamba les deux cadavres et décrocha le téléphone posé sur une table de nuit, près d'un immense divan; il s'assit sur le divan, posa son 9 sur le lit, alluma une cigarette papier maïs et composa Entrepôt 01-07.

*
* *

Le Ponot sursauta, tiré de son sommeil. Il était toujours écroulé sur sa chaise, devant la table non débarrassée. En sursautant, il s'était dressé et avait bousculé le litre de vin rouge. Il jura et, en voulant rattraper la bouteille, fit tomber le plat de nouilles; dans la pièce voisine, le chien se mit à aboyer.

— Allô, fit-il. J'écoute.

Il entendit une quinte de toux, puis :

— Stankovic.

— Salut, tueur.

— Deux.

— Deux quoi? fit le Ponot qui était dans le cirage.

— Je viens de traiter mon deuxième.

— Ah... parfait. J'y étais plus. Et c'est qui?

— Sco.

— Sco? Bravo! C'était le plus emmerdant. Où?

— Dans le studio d'un minet, rue du Dragon. J'ai dû supprimer le témoin. J'espère qu'on m'en tiendra compte.

— Sûrement. T'en fais pas pour les extras!

— Mon chien?

— Tu l'entends pas gueuler?

Dans le studio de la rue du Dragon, Stankovic, crispé, rapprocha l'écouteur de son oreille.

Le Ponot, tendit l'appareil vers la porte de la chambre. En entendant les aboiements du chien, le Croate sourit, attendri.

Le Ponot ramena le combiné vers lui :

— Tu vois, il est pas mort, ton cador.

— Qu'est-ce qui faut pas que je fasse, pour lui! Faut-il que je l'aime! Pas vrai?

— T'as raison. T'es un maître épatant. On fera jamais assez pour les bêtes. Allez! Continue comme ça, et ton chien tu le reverras. A la prochaine, hein!

— Je vais vers la place Jeanne d'Arc, dans le treizième, pour arranger le Tunisien.

— C'est bien... Tu bosses consciencieusement.

— Il marche encore bien, le gars Stanko, hein! Pas pourri, pour ses soixante-dix piges!

— T'as raison, papa.

— Faites-moi encore entendre Fédor.

— Ça suffit comme ça. Allez, tueur. Grouille-toi!

— « Tueur, grouille-toi! » Je voudrais vous y voir!... Vous voulez pas que j'en tue un toutes les cinq minutes, de vos mecs!

Le Ponot raccrocha.

Dans le studio du minet, en entendant le déclic et le tut-tut de la tonalité, le Croate grimaça, écœuré. Il pensa à son berger.

« Les salauds! Les ordures! Me faire ça! A mon âge! »

Il reposa le combiné sur la fourche, réapprovisionna son arme, jeta un regard autour de lui (Pour les empreintes digitales, il n'avait pas à se faire des soucis : il restait toujours ganté.), se leva, enjamba de nouveau les deux corps, chercha dans sa poche la fiche « Sco », la déchira, alla en jeter les morceaux dans les waters, tira la chaîne. Puis il consulta les trois fiches qui lui restaient. Le Grec. Le Marseillais. Hammagui. Il choisit le Tunisien qui, comme il l'avait entendu dire, devait accompagner Patrick Lober sur son lieu de tournage de nuit, place Jeanne d'Arc.

Il tira le cadavre de Sco jusqu'au seuil du palier, de façon a ce qu'on le trouve rapidement. Il laissa la porte d'entrée entrouverte. Il se préparait à descendre l'escalier quand il entendit le déclic de la porte co-chère. Quelqu'un montait les marches. Il revint préci-pitamment en arrière, voulut tirer le cadavre de Sco dans le studio; mais un bouton du veston du mort devait s'être coincé dans la rainure, au bas de la porte, et Stankovic sentit une résistance et ne put déplacer Sco. On montait toujours l'escalier. Le locataire se rapprochait. Stankovic essaya encore de traîner le cadavre. Il tira brutalement; quelque chose craqua dans le veston du macchabée, mais le cadavre était à l'intérieur du logement. Stankovic claqua la porte juste au moment où passait un type. Le cœur battant à tout rompre, le Croate attendit dans l'entrée et laissa s'écouler cinq minutes; puis il rouvrit la porte, remit le corps sur le seuil du studio et, l'escalier étant libre, descendit.

Il marcha jusqu'à Sèvres-Babylone où il prit un taxi — il fit gaffe de ne pas être trop maté par le chauffeur — qui le conduisit à l'angle du boulevard de la Gare et de la rue Jeanne d'Arc. Il alla à pieds jusqu'à la place. De loin, il distingua un attroupe-

193

ment, la lumière blafarde des sunlights, des projecteurs, un car à dynamo, des techniciens, quelques
badaus noctambules, deux ou trois flics. Tout près,
un bistrot était encore ouvert.

Stankovic s'immobilisa à une vingtaine de mètres
du lieu de tournage, se posta dans l'encoignure d'une
porte cochère et attendit.

La Fiat 600 roulait lentement le long de la Seine,
sur le quai des Carrières, désert et sinistre. Les rever-
bères, très anciens, jetaient une lumière jaunâtre et
lugubre sur les murs d'usine, les façades d'entrepôt...

Laurette s'efforçait de repérer la baraque du Ponot.

**
*

Après le coup de fil de Stankovic, le Ponot avait
ouvert un tiroir et prit le papier sur lequel il avait
dressé la liste des cinq Malurous, noms que lui avait
donnés le Charbonnier, à Meulan.

Il avait déjà rayé Ambroise l'Orphelin. Il biffa
le nom de Sco Bellaf. Il relut le patronyme des trois
hommes qui restaient « en piste » :

Vargaignas
Constantinidis
Hammagui

en se demandant lequel était en trop. Bah, Stankovic
devait bien le savoir... Il remit la liste dans le tiroir,
bâilla, s'étira, puis alla se faire chauffer du café;
en attendant, il alluma une cigarette et, mains dans

194

les poches, regarda le quai désert par la fenêtre
Le berger allemand avait cessé d'aboyer.

Grâce au réverbère qui se trouvait juste devant la
baraque, Laurette vit qu'elle était arrivée à bon port.
Elle avisa la bâtisse, la fenêtre du rez-de-chaussée
allumée, la cour encombrée d'objets hétéroclites. Elle
lut sur un grand panneau en contreplaqué : *Joseph
Muyrols. Vente et achats divers. Débarrasse les caves
et les greniers. Entrepôt 01-07.* Une vieille camionnette stationnait dans la cour.

La Fiat stoppa.

— Qu'est-ce que vous voulez? demanda le Ponot,
Il venait de voir la petite Fiat s'arrêter et une jeune
femme en descendre, son sac passé à l'épaule.

« Fameusement roulée, la môme! se dit le Ponot.
Et l'air décidé! Ma parole, c'est qu'elle vient ici... »

Il fronça les sourcils sous son béret crasseux :

« Qu'est-ce que c'est que ce sac de nœuds? »

Il se retourna et prit son fusil Gras. On cogna
précipitamment à la porte. Le chien se remit à gueuler.

Derrière la porte, en entendant les aboiements,
Laurette comprit qu'elle était à la bonne adresse.

— Qu'est-ce que c'est? lança le Ponot, extrême-
ment méfiant.

— Ouvrez! Vite!

— Qu'est-ce que vous voulez? demanda le Ponot,
de plus en plus méfiant.

Il avait crié, pour couvrir les aboiements du chien.

— Etes-vous le Ponot? demanda Laurette.

— Bah... on le dit. Qui est là?

— Je viens de la part du Cantalou. Ouvrez vite.

Le Ponot réfléchit quelques secondes puis, fusil

pointé en avant, il ouvrit. Laurette se précipita dans la pièce.

— Qui êtes-vous?

— Laurette Ribeyre.

— Ça me dit vraiment rien.

— L'amie du Charbonnier.

— Ça alors... Je savais bien qu'il avait une femme, mais...

Il toisait la fille, en maquignon.

— Compliments!

— Le Charbonnier est mort.

— Quoi?

Rapidement, elle lui expliqua l'accident de la Maladrerie, lui parla de l'entrevue qu'elle avait eue avec le moribond, à l'hôpital de Saint-Germain-en-Laye, de la planque du Cantalou, du tueur qu'il fallait stopper. Le Ponot s'était écroulé sur une chaise, abasourdi :

— Vous parlez d'un sac!

Il prit la liste dans le tiroir, relut les trois noms.

— Il en a tué deux, dit-il, bouleversé. On peut pas dire qu'il perde son temps! C'est du boulot sérieux... Il ne s'endort pas, le gars! Mais, y a pas de doute, il va trop vite! C'est comme le moulin du meunier dans la chanson. Faut l'arrêter, y a pas à dire! Il a commencé par occire l'Orphelin, et il m'a appelé voilà dix minutes pour m'annoncer que Sço avait avalé sa chique.

— Prions pour que notre homme soit un des trois survivants.

— Pour avoir les barres d'or, vaudrait mieux, hein!

— Votre café renverse.

Il alla fermer le gaz :

— Vous en voulez une tasse?

— Du café bouilli? Merci, sans façons.

— Alors, qu'est-ce qu'on fait, à votre avis?

— Quand il vous a téléphoné, il ne vous a pas dit où il allait maintenant?

— Si. Place Jeanne d'Arc. On y tourne un film. Et il espère y trouver Hammagui, le gorille de Patrick Lober.

— Il faut que je sois là-bas avant lui.

— Faudra faire fissa, dites! Il y est peut-être déjà?

— J'appelle le Cantalou.

Elle demanda le 9 à Bois d'Arcy.

*
* *

Un locataire du 59 rue du Dragon avait trouvé le cadavre de Sco Bellaf. La concierge avait appelé Police-Secours. Les hommes de la brigade criminelle étaient sur les lieux. Au 36, on commençait à se régaler et à être de plus en plus intéressé.

22 heures. A Saint-Germain-en-Laye, Alexis Assauzac dit le Charbonnier trouve la mort dans un accident de voiture.

23 heures 15. Louis Ambroise dit l'Orphelin est tué d'une balle de 9 mm dans les toilettes « dames » de la *Brasserie de l'Aiglon*, avenue de Wagram.

Vers 2 heures du matin, rue du Dragon, on trouve Francisco Bellafranca et le fils d'une grosse légume (affaire délicate pour la police) tués chacun d'une balle de 9 mm.

Les recoupements vont bon train. Le Charbonnier était l'ami de toujours du Cantalou, fraîchement sorti de maison centrale. Ambroise et Bellafranca ont toujours été soupçonnés — mais sans la moindre preuve à l'appui — d'avoir aidé Dieudonné le Cantalou dans le coup du fourgon blindé de Nice, en juin 57. De là à faire des rapprochements... Ce qui, pour les policiers, complique tout, c'est que l'Espagnol est trouvé mort près d'un minet pédé tué lui aussi. Affaire de mœurs? Et parce que le minet assassiné est le fils d'une huile, le principal réveille le divisionnaire qui réveille son supérieur, lequel hésite à appeler la permanence de l'Intérieur...

Le divisionnaire qui arrive rue du Dragon aimerait bien toucher Chavadou. Histoire de causer un peu. Mais où est-il, ce Cantalou? A Paris? Finalement, on téléphone à la préfecture du Havre. Attendre l'aube et vérifier si le repris de justice est ou non chez sa sœur...

Des flics en civil sont déjà avenue Ernest Renan, chez le Charbonnier. On sait qu'il avait une maîtresse. Mais où est-elle?

« Quelle salade! » a fait un O.P.

Chavadou décroche l'appareil. Son cœur bondit. C'est Laurette. Elle parle avec précipitation. Elle se trouve chez Joseph Muyrols dit le Ponot, 87, quai des Carrières, à Charenton. Entrepôt 01-07. Le Cantalou note soigneusement le numéro. Ambroise et Sco sont morts. Le tueur cherche Hammagui.

— Il faut l'arrêter, ce branque! hurle Chavadou.

— Je m'en occupe, Dieu, répond Laurette dans l'appareil. Il faut que je file tout de suite place Jeanne d'Arc.

Le Cantalou bout littéralement.

— Viens me chercher en bagnole! crie-t-il. Il faut que je sois avec toi!

— Jamais de la vie, Dieu. De Charenton à Bois d'Arcy, le chemin est trop long. Venir te prendre et retourner ensuite dans le treizième... Non, pas possible. Et tu ne dois pas sortir. Tu me l'as promis. Laisse-moi faire, Dieu. Aie confiance en moi.

Dieu trépigne. Dieu en a ras le bol.

« Quelle nuit, bon Dieu! jure-t-il intérieurement. Quelle nuit! »

— Enfin, quoi, reprend-il. Il faut le stopper, ce dingue! Si on le laisse faire, il va tuer tout Paris! C'est plus d'un milliard d'or qu'il est en train de foutre en l'air!

— Il exécute les ordres, fait Laurette d'une voix douce qui excuse le tueur. Il ne sait rien de tout ça... Pourquoi s'arrêterait-il en si bon chemin?

— Passe-moi le Ponot!

— Tu veux lui dire de prévenir le tueur dès qu'il appellera? C'est fait. Je le lui ai demandé. Dès que Stankovic téléphone à Charenton, le Ponot lui demande de laisser tomber et de venir chez lui.

Chavadou, Laurette et le Ponot se disent que, si elles écoutent, les demoiselles du téléphone doivent bien se marrer. Mais le moyen de faire autrement? Et, actuellement, il est trop tôt pour craindre une table d'écoute...

Le Cantalou s'éponge le front; il n'en peut plus. Il se demande si le « bavard » se trouve parmi les trois gars encore vivants.

— Il faut que je te quitte, Dieu. Je file place Jeanne d'Arc.

— Sois prudente! Fais gaffe, Laurette. Je t'en supplie, fais gaffe!

— Sois tranquille, Dieu. Je suis armée. Et prudente.

« Quelle sacrée petite femme! se dit Chavadou. Quel petit Jules dynamique! »

Vivre avec elle et les barres d'or. Aurait-il cette merveilleuse chance?

Laurette va raccrocher. Dans l'appareil, elle fait le bruit d'un baiser, comme pour un enfant.

— Il me faut une chignole! crie Chavadou. Je suis coincé, moi, ici!

— Ne bouge pas... Je viendrai te chercher en temps voulu.

— Pas avec ta petite tire, hein. Quelque chose de puissant, qui fonce!

— J'aurai ce qu'il faudra, Dieu. Rassure-toi. Il faut que je parte. Stankovic est peut-être déjà place Jeanne d'Arc. Tu as le téléphone du Ponot. Il a le tien. S'il se passe quelque chose, vous vous appelez. Au revoir, Dieu.

— *Al reveire,* répond Chavadou, amer.

Elle a déjà raccroché.

XVI

Nuit du jeudi au vendredi

Dans le sous-sol du *Petit Domrémy*, place Jeanne d'Arc, Stankovic attendait depuis un bon quart d'heure, l'appareil à l'oreille, coupant et refaisant Entrepôt 01-07 pour la cinquième fois, se demandant ce que fabriquait le Ponot, à qui il pouvait bien téléphoner si longuement, tel une petite femme oisive qui appelle sa copine pour déblatérer sur Pierrette ou Paulette.

Enfin, il eut la sonnerie.

Laurette était encore quai des Carrières. Elle venait de s'entretenir avec le Cantalou. La sonnerie retentit. La jeune femme et le Ponot sursautèrent, blêmirent, le cœur battant la chamade. Stankovic? Un troisième tué?

Le Ponot décrocha. Laurette prit l'écouteur.

Dans la cabine du *Petit Domrémy*, le Croate parlait d'une voix étouffée :

— Alors, qu'est-ce que vous foutez? Ça fait un quart d'heure que ça fait « pas libre »!

— Un troisième? demanda le Ponot, affolé.

— Ça a l'air de vous emmerder, tout à coup. Non, pas encore de troisième. J'appelle pour vous dire que, ici, place Jeanne d'Arc, c'est presque impossible. Le Tuniso décarre pas du bar, et c'est plein de monde. Je ne sais pas si je vais pouvoir.

Laurette fit un signe impérieux au Ponot. Il acquiesça d'un signe de tête.

— Ecoute, Stanko! jeta le Ponot. Tu vas arrêter tout de suite!...

— Merde! v'là du monde, dit Stankovic.

Il raccrocha brusquement, sortit de la cabine et passa dans le dos de deux machinistes qui s'apprêtaient à se laver les mains.

A Charenton, le Ponot poussa un juron et reposa l'appareil sur sa fourche.

— Il a raccroché, cet abruti!

— Oui, soupira Laurette. Mais la chance est avec nous. J'ai le temps de trouver Hammagui vivant.

— Espérons que Stanko restera sur les lieux.

— Surtout, s'il vous appelle, parlez-lui immédiatement.

— Ça! comptez sur moi. Cette fois, il aura pas le temps de raccrocher.

Il se frappa la tête de la main :

— Au fait... Je pense à une chose.

— Quoi donc?

— Il a parlé d'un bar... Il a dû téléphoner de là...

— Vous voulez appeler le bar, demander un M. Stankovic?

— Bah... Pourquoi pas? Je cherche dans l'annuaire... Un troquet, place Jeanne d'Arc...

— Rien ne nous dit qu'il poireaute dans le café. Et c'est trop dangereux. Inutile. Même s'il est dans le bistrot, je suis sûre que le Serbe ne répondra pas. Il serait capable de prendre peur, de fuir... Allons, je file.

Elle enfila ses gants, marcha vers la porte.

— Vous êtes armée, au moins?

Elle sourit :

— Pas folle, la guêpe!

Elle était sur le point de sortir.

— Surtout, dit le Ponot, au moindre sac, appelez-moi. N'hésitez pas. Vous avez mon tube, maintenant.

— Je vous appelle. J'appelle le Cantalou. Merci du conseil.

Elle lui sourit encore, lui adressa un petit signe de la main, sortit. Il la regarda monter dans la Fiat, éberlué, admiratif.

« Quel cran, cette frangine! Ah! les filles du Massif Central ont pas froid aux yeux! »

La Fiat démarra, fit un demi-tour sur le quai, piqua sur Paris.

*
* *

Stankovic buvait un demi au comptoir du *Petit Domrémy*, au milieu des machinos, des « pannes », des « arrière plan ». Du coin de l'œil, le Croate regardait le dos massif et l'épaisse nuque couverte de petits cheveux noirs frisés d'Hammagui qui discutait à voix basse avec une fille maquillée comme pour aller chez Tant-Mieux. Le tueur pensait à son coup de fil au Ponot. Qu'est-ce qu'il avait voulu dire, ce plouc, avec son « Tu vas arrêter tout de suite »? Arrêter de faire l'andouille, sans doute? Ou arrêter de lambiner et tuer les mecs plus vite? Sûrement quelque chose dans ce goût-là. Jamais contents, ces Auverpins!

« Je voudrais l'y voir à ma place, le gonze au béret! Si je tue pas assez vite, qui c'est-y qui ira plus vite que moi? »

Il regarda encore le dos herculéen du Tunisien.

« Si seulement ce gorille pouvait aller aux gogues! ou faire quelques pas jusqu'à l'autre bout de la place Jeanne d'Arc, là où c'est désert. Mais y bougera pas, l'enflure! Je poireaute encore dix minutes puis je me pointe chez un des deux autres clients. Je peux tout de même pas le plomber en plein café, ce Tuniso! on m'alpaguerait tout de suite. J'ai pas du tout envie de claquer en centrouze, moi! Et qui c'est qui s'occuperait de Fédor, après? La fourrière! »

Il grimaça, prit un sucre, le cassa en deux, en porta un morceau à sa bouche, l'air triste, en pensant à son berger.

*
*

Quai de Bercy, Laurette fit faire le plein d'essence. Puis la Fiat fonça sur Paris, avala le pont National à toute allure, se rua à l'assaut de la rampe Masséna, prit la rue du Loiret, la rue Cantagrel, en direction de la place Jeanne d'Arc, roulant à quatre-vingt-dix dans les rues désertes, noires et mouillées, passant les clignotants à soixante-cinq, imprudente en diable.

Devant son demi, Stankovic se dit qu'il allait finir par se faire repérer; de le voir au milieu de tous ces machinistes, de ces frimants, on allait se rendre compte qu'il n'était pas du film; et un badaud nocturne de soixante-dix piges ne pouvait que paraître suspect, surtout que, avec ce temps pourri, ce n'était pas une nuit à rester dehors.

Stankovic vida son demi, paya, regarda une dernière fois le dos massif du gorille qui ne remuait pas d'un pouce, penché sur la fille maquillée et la baratinant à voix basse, dans la discrétion.

En sortant du bistrot, Stankovic vit dans la vitre l'armoire à glace s'extraire enfin du comptoir.

« Pas commode, comme air, se dit le Croate. Sûrement pas facile à tuer. Et le gars a l'air de mauvais poil. »

De l'autre côté de la place, derrière l'église Notre-Dame de la Gare, Laurette se rangeait devant une porte cochère. Elle saisit son sac, marcha vers le lieu de tournage où Hammagui se dirigeait lui aussi.

Le metteur en scène venait de crier « Coupez! ». Lober sortit du champ en compagnie de la fille qui tenait un des premiers rôles. Hammagui s'approcha de son patron.

Stankovic se tenait à quelques mètres, dans l'ombre, parmi des curieux.

— J'en ai encore pour deux heures, dit l'acteur.

Ils n'en finissent pas. Bientôt douze prises! Quel gâchis.

Le Tunisien demanda une perme d'une heure et obtint satisfaction. Il indiqua l'endroit où on pourrait le toucher en cas d'urgence. Il alla chercher la fille dans le bistrot. Le couple s'éloigna discrètement vers la rue Xaintrailles où le gorille connaissait un petit hôtel de passe.

Le tueur suivit le couple. Il ne fit pas attention à une jeune femme qui, près des sunlights, le regardait intensément. Le cœur de Laurette battait à toute allure. Le grand sécot aux cheveux blancs, à l'imper kaki, la cigarette papier maïs aux lèvres, là-bas, c'était Stankovic. Elle s'élança résolument derrière lui; il était assez loin. Le balèze et la fille trop maquillée marchaient vers l'hôtel de passe. Stankovic hâtait le pas.

Laurette se mit à courir.

Le couple allait entrer dans l'hôtel. Stankovic était juste derrière, le 9 en main, silencieux vissé. Le Tunisien sentit une présence derrière lui; il se retourna, une main déjà à la poche, juste au moment où le Croate lui tirait une balle en pleine face. Il s'écroula, la figure éclatée. La fille maquillée poussa un hurlement. Stankovic eut bien envie de lui savater la fiole. Mais il jugea plus efficace de tourner le 9 sur elle; il fit de nouveau feu; la gonzesse tomba la face contre le bitume mouillé. Il y eut un sale bruit mou. Le Croate vit Laurette qui s'amenait vers lui en criant :

— Arrêtez! Arrêtez!

Il soupira. Ça devenait coton, ces exécutions. Toute la rue allait se réveiller! Il éleva son arme et visa

Laurette. Elle eut le temps de faire un plongeon en avant et la balle lui passa à quelques centimètres au-dessus du corps. Elle resta plaquée au sol. Stankovic voulut tenter un autre petit carton, mais son arme était vide. Il fit mine de recharger, puis effectua un volte-face et s'élança en courant vers la rue du Dessous des Berges.

Laurette était restée collée au sol. Elle vit le tueur s'éloigner dans la nuit. Derrière elle, des gens de l'équipe du film, ayant sans doute entendu les cris, apparaissaient. Laurette se releva prestement et fit le tour du pâté de maisons, par les rues Domrémy et Jeanne d'Arc. Elle revint sur la place pour voir un car de police en stationnement devant le café et des gens qui se montraient la rue Xaintrailles. Laurette était à bout de souffle. Cachée dans l'ombre d'une porte cochère, elle attendit. Elle vit le car rouler vers la rue où se trouvaient les deux cadavres. Vite, elle alla à sa voiture, y monta, démarra aussitôt; elle fit un demi-tour, au mépris du sens giratoire de la place et, n'hésitant pas à prendre un sens interdit, retourna dans la rue du Dessous des Berges par la rue Cantagrel. Elle vit, au loin, le tueur qui pressait le pas, longeant un mur d'usine, en direction de la rue de Tolbiac. Le tueur filait vers la gare aux marchandises, vers la Seine. Elle allait le rattraper. Elle tint son volant d'une main, ouvrit son sac, sortit son petit 6.35.

Le car de police était arrêté devant l'hôtel. Des agents entouraient les deux cadavres. Des types du tournage arrivaient en curieux et, dans la rue, aux fenêtres qui s'éclairaient, des gens tirés de leur sommeil pointaient leur nez, intrigués.

*
* *

Stankovic perdait le souffle. Il porta une main à l'endroit de son cœur. Il ne pourrait guère aller plus loin. « Quel calvaire, pour sauver mon chien! » pensa-t-il. Il se retourna, vit une Fiat 600 qui s'amenait sur lui. La petite voiture blanche était à environ cent mètres.

Il s'interrogea. Qui était cette bonne femme? Parce que, pas d'erreur, c'était sûrement elle qui était dans la tire. Allait-elle le reconnaître, pouvoir le décrire aux flics? Quel idiot il avait été. Il aurait dû rester dix secondes de plus dans la rue et la tuer.

La Fiat était sur lui. Il se remit à courir, le feu dans la poitrine. Grâce à la file de bagnoles garées, il se sentait un peu en sécurité. Il vit la conductrice. C'était bien la fille de tout à l'heure. Il chercha son arme. Laurette devina-t-elle les intentions du Croate? Elle appuya sur le champignon et la petite voiture bondit en avant. Mais elle s'arrêta un peu plus loin. Stankovic comprit qu'elle l'attendait.

Il se remit à courir vers le pont qui enjambait les voies ferrées. Le coin était sinistre. En débouchant dans la rue du Chevaleret, Stankovic eut la chance de voir passer un taxi en maraude, une Taunus blanche. Il hurla plutôt qu'il n'appela le chauffeur. Le véhicule s'arrêta. Un Nord-Africain le conduisait. Essoufflé, Stankovic grimpa derrière. La Fiat arrivait.

— Hôpital Saint-Antoine! jeta Stankovic. Vite!

Il avait eu l'idée, pour rassurer le chauffeur, de simuler le type qu'un malade mal en point attend à l'hôpital.

Le taxi traversa la Seine, accéléra, tourna à gauche, fonça sur le quai de la Rapée.

La Fiat suivait.

En regardant dans le rétroviseur, Stankovic vit l'air intrigué du chauffeur. Le Nord-Af' suivait des yeux la petite Fiat qui lui collait au train, puis détaillait son client.

« Il ne peut que se souvenir de moi », se dit Stankovic embêté. Il sortit brusquement son automatique, colla le canon sur la nuque du conducteur. La Taunus fit une embardée. Ils fonçaient vers le boulevard Diderot. Ils allaient passer près de la gare de Lyon, encore animée, et dont les abords, malgré la nuit, étaient pleins de voitures feux allumés.

— Obéissez et je ne vous ferai pas de mal, dit Stankovic. Evitez la gare de Lyon. Vous allez faire un brusque demi-tour et retourner vers les boulevards extérieurs. Semez la petite bagnole blanche.

Le chauffeur hésita, sans mot dire.

L'angle Diderot-La Rapée n'était plus qu'à cent mètres. On voyait déjà quelques voitures, dont des taxis, et, de l'autre côté de l'eau, les lumières de la gare d'Austerlitz et des bistrots qui l'entourent.

— Obéissez! gueula le Croate. Ou je vous tue!

Le nuiteux sentait le canon toujours appuyé sur sa nuque.

De la Fiat, le taxi la distançant d'à peine cinq ou six mètres, Laurette voyait vaguement la scène.

Le loche exécuta la manœuvre avec habileté. Il ralentit brutalement, manquant se faire rentrer de-

209

dans par la Fiat. Laurette dut freiner brutalement. La Taunus effectua un demi-tour sur les chapeaux de roues. Le quai était désert. Le Nord-Af' mit toute la gomme et bomba à cent vers le boulevard Poniatowski.

Le tueur abaissa son arme. Le chauffeur put respirer un peu. Un semblant d'apaisement. Le Croate se retourna et, par la vitre arrière, vit la 600 qui, ayant effectué elle aussi son demi-tour, roulait derrière eux, mais à soixante-quatre-vingt mètres.

— Foncez! Foncez! ordonna Stankovic.

Le Nord-Af' ne cessait de mater le Croate dans son rétro. Stankovic hésitait. Descendre le chauffeur? Ça faisait beaucoup de tués, tout ça! Des surplus imprévus. Le minet coincé avec Sco et, tout à l'heure, la fille maquillée qui partait se faire culbuter, l'idiote, par le malabar...

« Si elle avait eu moins chaud au fion, elle serait encore en vie », se dit le Croate.

Il regarda la nuque du conducteur.

« Je le bute ou quoi? Il ne pourra plus m'oublier. Il va me décrire aux flics. Je le tue ou quoi? »

Il se pencha en avant :

— Dites donc...

— Oui?

— Vous allez me décrire aux flics, ça fait pas un pli. Je me gourre?

Le chauffeur haussa les épaules :

— Si je vous dis non, vous n'allez pas me croire.

— Je ne peux pas vous croire.

— Ne faites pas l'imbécile. Je suis père de famille.

« Moi, j'ai jamais eu de gosse, se dit le Croate. Je n'ai qu'un chien. Mais c'est mieux qu'un gosse, un klebs. Ça devient jamais adulte. Ça reste tout le temps avec vous. Jusqu'au bout. Un môme, ça se taille... »

— Ralentissez.

Le taxi arrivait à l'angle Masséna-quai de la Gare.

— Vous allez prendre le boulevard Masséna... Et vous accélérez. La Fiat se rapproche.

— C'est une bonne femme qui conduit, qu'est-ce qu'elle vous veut? s'efforça de plaisanter le Nord-Af' qui n'avait jamais tant sué de sa vie, même quand, harki, il était en patrouille à La Charbonnière.

— Elle m'emmerde! Distancez-là! Foncez! Avalez les boulevards! Kellermann! Jourdan! Brune!

Stankovic se flattait de mieux connaître Paris que Belgrade.

Le roulant accéléra, fonçant à 115 sur les extérieurs. La Fiat était de plus en plus distancée. Ils arrivèrent en vue de la porte de Versailles; de loin, dans la grande descente, Stankovic vit des files de taxis.

— Faites pas le petit futé avec vos collègues. Passez en vitesse la porte de Versailles et foncez sur l'ancien viaduc d'Auteuil, le nouveau pont...

Là-bas, les orangés apparaissaient.

A l'angle Lefebvre-Vaugirard, les feux passèrent au rouge.

— Foncez! Foncez! Le rouge, j'm'en fous!

Pour convaincre le chauffeur, il lui remit le canon de son 9 sur la nuque.

Le taxi ralentit, passa — tout de même prudemment — le feu à 60, puis remit la gomme en direction de la place Balard. Lorsqu'ils étaient passés devant les taxis de la porte de Versailles, Stankovic avait baissé son arme.

Laurette avait voulu, elle aussi, griller le feu, mais

un énorme camion venant d'Issy et roulant vers la rue de Vaugirard lui avait coupé le passage. Elle avait freiné cinq mètres après les feux, était restée immobilisée en plein carrefour, copieusement enguirlandée par le routier.

Elle repartit vers la place Balard.

Le taxi traversait la Seine sur le pont du Garigliano désert, s'engageait dans le souterrain, direction porte d'Auteuil. A l'angle Exelmans-Michel Ange, Stankovic demanda au chauffeur de s'arrêter; il hésita, éleva son arme. Devant, le Nord-Af' commençait à s'agiter sur sa banquette.

Stankovic appliqua le canon du 9 sur la boîte crânienne du loche :

— Je peux pas faire autrement.

L'autre se retourna brusquement sur son siège, horrifié devant le canon de l'automatique que le vieux au visage de pierre braquait sur lui. Le Croate n'avait pas mis le silencieux. Le coin était désert. Pas un somnambule!

— J'ai des gosses! lança le chauffeur, pas d'un air suppliant, mais en gueulant, mauvais. Ça ne vous dit rien, trois lardons?

Stankovic allait tirer.

— Et des chiens? demanda-t-il. Vous en avez?

L'autre parut étonné, en oubliant presque sa panique :

— Oui. Pourquoi?

— Vous avez un chien?

— Oui.

— Quelle race?

— Un basset, mais...

212

— Bon. Ça va. Mais votre petite bête, vous devriez la prendre avec vous, imbécile!

Stankovic sortit précipitemment du taxi et se dirigea d'un pas rapide vers la rue Molitor.

Le chauffeur resta comme pétrifié devant son volant. Il essuya ses mains humides sur la banquette.

La Fiat passa, tourna et fonça vers la rue Molitor. Là-bas, le tueur se pressait vers la station « Michel-Ange Molitor » où attendaient quelques taxis.

« Il va me décrire aux poulets, pensait-il. Tant pis pour moi. Mais le vieux Milos n'est pas un type à priver un chien de son maître. »

La Taunus partit vers le commissariat d'Auteuil.

De sa Fiat, Laurette vit Stankovic monter dans un taxi 403; elle continua sa filature; les deux véhicules prirent l'avenue Mozart en direction de la Muette.

Le jour se levait.

Rue Xaintrailles, les hommes du 36 étaient là. On avait identifié le cadavre de l'homme : Hammagui, encore un type soupçonné d'avoir trempé dans l'affaire de Nice, en 57, avec Dieudonné le Cantalou.

— Décidément, dit le commissaire qui avait pris la direction de l'enquête, c'est la nuit de l'Auvergne!

Dans le taxi qui l'emmenait vers l'Etoile, Stankovic prit discrètement la fiche « Hammagui », la roula en boule et la jeta par la vitre brisée. Le chauffeur, un pépère à la trogne rougeaude, ne faisait pas attention à lui.

La Fiat suivait toujours.

« Qu'est-ce qu'elle me veut, cette gonzesse? se

demanda Stankovic. Tant pis, je vais l'attendre. »

— J'ai changé d'avis, dit-il au chauffeur. Je ne vais plus à l'Etoile. J'avais un rendez-vous... mais maintenant c'est trop tard.

Le conducteur avait l'air de s'en foutre totalement :

— Alors où qu'on va?

— Grands boulevards... Devant le *Rex*.

— Allons-y pour le *Rex*...

*
**

Le Cantalou regarda sa montre-bracelet : 6 heures 05.

— Merde! qu'et-ce qu'ils foutent?

Il fit Entrepôt 01-07, obtint le Ponot, qui crut que c'était le Croate.

— Il faut arrêter, Stanko! lança-t-il.

— T'énerve pas. C'est moi, le Cantalou.

— Ah bon.

— Si je comprends bien, ce pignouf de tueur ne t'a pas appelé.

— Rien depuis trois heures du matin. C'est bizarre. Il s'est peut-être endormi dans un coin...

— Laurette ne t'a pas appelé non plus?

— Rien. Pas un coup de fil. Qu'est-ce que je fais?

Le Cantalou réfléchit pendant quelques secondes.

— Que veux-tu qu'on fasse? dit-il. On attend.

Il raccrocha. Resta les yeux dans le vague, cogitant à toute allure. Il regarda par la fenêtre le jour qui se levait, avec une pluie fine qui s'était remise à tomber.

« Bon sang! Mais qu'est-ce qu'ils fabriquent? Et Laurette? Où qu'elle est, Laurette? »

*
**

Près du *Rex*, Stankovic entra dans un café qui venait d'ouvrir. La Fiat s'était garée dans une petite rue voisine et Laurette se dirigeait vers le troquet.

Stankovic commanda un express, prit un jeton, bondit au sous-sol, à la cabine téléphonique. Il s'y enferma.

Dans la salle, Laurette demanda un crème et des croissants. Elle savait que le tueur venait de se rendre au sous-sol. Sans doute devait-il téléphoner au Ponot.

Enfermé dans le réduit exigu, Stankovic fit Entrepôt 01-07.

Dès l'éclatement de la sonnerie, Le Ponot saisit l'appareil.

— Ici Stankovic.

— Ah! Stanko! je te tiens enfin... Ecoute!...

Mais les deux hommes se mirent à parler en même temps.

— Ecoute-moi, Stanko! C'est très important...

— J'ai dégommé le Tunisien voici plusieurs heures... Une ou deux, je sais plus...

— Il faut arrêter tout ça, Stanko! Arrêter!

— J'ai eu des emmerdements... Je vais m'occuper des deux autres...

Le Ponot constata, soulagé, que le tueur venait enfin de se taire. Il fallait en profiter.

— Ecoute, Stanko... Ordre formel du Cantalou, ne tue plus. Arrête!

Le Croate n'avait pas entendu; il venait de poser l'appareil sur la caisse; il se mouchait. Il reprit le combiné :

— Allô...

— Tu m'as entendu, Stanko?

— Je pense bien, ricana le tueur. « Tueur, grouille-toi! » Eh! tu devrais changer de disque, pauvre lope!

— Tu m'as entendu??? hurla le Ponot.

Mais Stankovic venait de raccrocher.

— Le fumier!

Le Ponot regarda l'appareil, se demandant si Stankovic l'avait ou non entendu. Ecœuré, il raccrocha.

— Un robot, ce crétin de tueur! grimaça-t-il. Les ordres! A la lettre! Les yeux fermés! C'est pas un homme, c'est un ordinateur! Programmé à mort, le mec!

Il hésita. Appeler le Cantalou? Il allait se faire drôlement engueuler! Tant pis. Il demanda le 9 à Bois d'Arcy, attendit...

Stankovic remonta dans la salle. Il s'immobilisa en haut de l'escalier. Quelques clients matinaux, dont Laurette, se trouvaient au comptoir. La jeune femme se tenait devant un crème et des croissants; par-dessus l'épaule d'un type, elle lisait le titre de *Paris-Jour* : *Un garçon de café tué d'une balle de 9 mm dans les toilettes de la* brasserie de l'Aiglon, *avenue de Wagram.*

On n'annonçait pas encore la mort de Sco et celle du Tunisien, survenues après la tombée du journal.

En dessous, en gros :

On reparle du milieu... Le calibre du projectile utilisé, 9 mm, laisse entendre que...

Stankovic délaissa son café qui attendait sur le zinc. Il traversa précipitamment la salle et fila sur le boulevard Poissonnière presque désert.

Laurette hésita. Appeler le Ponot? Appeler Dieu? Non. Elle régla rapidement sa consommation et se lança sur les traces du Croate. Elle n'avait pu appeler le tueur en plein café. La discrétion s'imposait.

6 heures 45.

Porte Maillot, le Marseillais se levait après un somme, ouvrait ses persiennes sur le parc plein de voitures d'occasion.

Rue de Flandre, le Grec mettait son « bains-douches » en marche. On était vendredi, l'établissement fonctionnait.

Sur le boulevard, Stankovic vit que la fille était là, courant vers lui. Il avait su la distancer, mais elle rappliquait de nouveau, la garce! Affolé, il s'engouffra dans un immeuble moderne plein de bureaux. Il traversa le hall, s'engagea dans un large escalier. Il croisa de vieilles bonnes femmes négligées, armées de seaux, de balais, de serpillères. Il comprit que c'était l'équipe de nettoyage avant l'arrivée des boulots. Il monta trois étages, traversa une immense salle pleine de petites tables à machine à écrire.

Résolument, Laurette se lança à sa poursuite. Quelques bonnes femmes, intriguées, avaient levé le nez pour les voir passer rapidement.

— Sont bien pressés, ces deux-là, dit une laveuse à une autre vieille.

— Il est pourtant même pas sept heures! Y-z-ont plus d'une heure d'avance!

Elles ricanèrent et échangèrent quelques plaisanteries sur les employés « pas comme il faut » qui s'amènent une heure d'avance dans les burlingues pour faire des « choses » qui, à l'hôtel, « coûtent des sous »!

XVII

Vendredi matin

7 heures.

Le Ponot, à Charenton, le Cantalou, à Bois d'Arcy, le Grec, rue de Flandre, le Marseillais, à la porte Maillot, Locomotive Brown, déjà levé, prenant son petit déjeuner dans la salle de l'hôtel de Christoliane, ainsi que des millions d'autres gens entendirent R.T.L. et Europe I annoncer...

« Vague de crimes cette nuit, à Paris... »

« Après l'affaire Guérini... après la lutte des gangs des jeux... le milieu semble faire parler de lui... »

On citait le nom des victimes. Ambroise. Sco. Hammagui. Le minet. La fille trop maquillée.

On faisait mention de la mort accidentelle, la veille au soir, de l'ancien truand Alexis Assauzac dit le Charbonnier...

Seul le cadavre carbonisé de Marcuzzoli n'avait pas été retrouvé.

**
*

A Christoliane, Brown était effondré. Sco descendu! Et si le Cantalou s'amenait ici, mon Dieu, qu'allait-il pouvoir faire, lui, Locomotive Brown? Demander de l'aide à Jackie, le gendarme aux beaux cheveux et aux yeux noisette? L'ancien yéyé faisait une tête comme s'il venait d'avaler un œuf pourri.

— Ça ne va pas, monsieur Patrice? demanda la patronne. (A Christoliane, Brown se faisait appeler Patrice.)

Le gros garçon blond se secoua :

— Si... Euh... je n'ai pas très bien dormi.

Au neuvième étage du building du boulevard des Italiens, on trouvait une porte au bout d'un long couloir, avec la mention : *COCHIP.* (*Compagnie chimique des Pétroles du Sud-Ouest.*)

Quelques mémères cradingues traînaient toujours dans les bureaux avec leurs balais et leurs seaux. Et dans les étages, les ascenseurs étaient mobilisés par les vioques et les souillons.

Stankovic se colla le dos à un mur et attendit l'arrivée de la jeune femme qui lui filait le train.

Laurette arriva au carrefour de quatre couloirs, s'arrêta, cherchant le Croate. Le tueur bondit derrière elle, arme levée, et, d'un coup de crosse près de l'oreille, envoya la jeune femme dans les vapes. Il la traîna jusqu'à un ascenseur libre par miracle, ferma la porte et envoya la cabine au sous-sol.

Une escouade de balayeuses s'amenait. Stankovic préféra monter un étage de plus : le dernier; au-dessus, c'était la terrasse. Il traversa une autre salle, presque un préau, immense, où, là aussi, s'alignaient des tables de dactylos. Il était dans le local du secrétariat de la *Cochip.*

La salle traversée, le Croate poussa une petite porte. Se trouva dans un dépôt d'archives, sombre et poussiéreux. Des monceaux de paperasses étaient empilés le long des murs, ficelés en paquets, dans des casiers, dans des chemises. Stankovic entendit la porte se refermer, puis un double tour de clé. Derrière, une voix s'éleva :

— Ils ne peuvent jamais fermer leurs archives! C'est un monde! Toute la poussière vient ici...

Stankovic était coincé. Il alla à la porte, y colla une oreille. Il entendit les bonnes femmes s'éloigner. Il secoua la lourde. Elle tenait bon. Il retourna dans la petite salle, en fit le tour. Il avait l'impression désagréable de se trouver dans une sorte de blockhaus. Un vasistas minuscule avait l'air de donner sur la terrasse. Il prit une chaise, grimpa dessus. Le vasistas n'ouvrait pas sur la terrasse mais sur une corniche très étroite qui surplombait le vide. Il était bel et bien enfermé. Fait comme un rat! De rage, il sortit son 9 mm de sa poche et se mit à tourner en rond. Il regarda sa montre-bracelet : 7 heures 30. Il n'avait plus que quatre heures et demie devant lui pour abattre les deux derniers Malurous : Constantinidis et Vargaignas. Comment allait-il sortir de là?

*
* *

Laurette revint à elle. Elle constata qu'elle était dans une cabine d'ascenseur, allongée à terre. A travers les vitres, elle vit des murs gris. Elle se leva. Elle était manifestement dans un sous-sol. Elle allait sortir de la cabine quand il y eut un déclic. La cabine se mit à monter. Elle vit des flopées d'employés qui envahissaient les escaliers du building. Il était 8 heures moins 5. La cabine s'arrêta au neuvième étage. Laurette en sortit, un peu bousculée par des types en blouse qui s'engouffrèrent dans l'ascenseur. Les employés ne firent guère attention à elle, la prenant sans doute pour une simple boulot. La cabine redescendit. Laurette fit quelques pas dans un couloir, en se demandant où pouvait bien être passé le Croate. Elle essaya de retrouver l'endroit où on l'avait assommée. (L'auteur du coup qu'elle avait reçu ne pouvait être que Stankovic.) Elle finit par y renoncer. Elle prit l'escalier...

Elle se retrouva sur le boulevard des Italiens et entra dans un café pour téléphoner. Elle appela le Ponot. Le type au béret lui dit que, depuis le meurtre du Tunisien, Stankovic ne s'était pas manifesté. Et il était huit heures passées.

— Il a plutôt du retard, fit Ponot.

Il ajouta :

— A midi, je rectifie le klebs. Un biffeton pour Asnières[1].

— Ça ne sert plus à grand-chose, maintenant, dit Laurette qui avait pitié de l'animal. Le chien était en otage pour obliger son maître à agir... Maintenant, c'est le contraire : le Yougoslave ne doit plus tirer un seul coup de feu.

— Moi, je veux pas le savoir. Les ordres sont les ordres. J'ai pas reçu d'avis contraire. Si j'ai pas eu de contrordre à midi, c'est la fête au toutou.

— C'est inutile, voyons, fit Laurette, suppliante.

— Alors, vous faites quoi, maintenant?

— J'ignore où est Stanko. Le mieux est d'aller tout de suite chez un des survivants. Le Marseillais

(1) Cimetière des chiens.

ou le Grec. Je file tout de suite à la porte Maillot.

— Et moi, qu'est-ce que je fous?

— Continuez. Vous attendez. Stanko peut appeler.

— Et le Cantalou?

— Je lui téléphone.

Elle fit un autre numéro, appela Bois d'Arcy...

Au 36, le chef de la brigade criminelle tenait une conférence. Il s'agissait d'interroger le Cantalou et quelques autres personnes. On préparait un plan d'action.

— Des conclusions ou, pour le moins, des hypothèses sérieuses s'imposent, dit le chef de la brigade criminelle. Le Cantalou vient de sortir de prison. Son meilleur acolyte, Assauzac, meurt dans un accident de voiture. Louis Ambroise, Bellafranca et Hammagui — trois hommes — sont tués avec une arme de calibre 9 mm. Laissons de côté, pour le moment, le jeune homme de la rue du Dragon et la jeune femme du film. Une chose est sûre : les trois types tués cette nuit étaient dans la région de Marseille en juin 57, au moment de l'attaque du fourgon blindé de Nice. Là-bas, ils fréquentaient le Cantalou qui, à l'époque, traînait par là, préméditait son coup... Les deux survivants — Constantinidis et Vargaignas — semblent ne plus faire partie du milieu. Mais nos informateurs les surveillaient tout de même, de temps à autre... Il faut contacter ces deux individus dans les meilleurs délais.

Quand Laurette eut déclaré au Cantalou qu'elle se rendait chez le Marseillais, il poussa les hauts cris.

A présent, les Malurous — si redoutables la veille au soir — étaient réduits à deux hommes : le Marseillais et le Grec. Il n'était donc plus question de s'aplatir, de trembler devant ces deux hommes.

Il pouvait quitter sans crainte la maison de Bois d'Arcy.

Chavadou hurla tellement dans le téléphone que Laurette accepta de venir le chercher.

Trois quarts d'heure plus tard, la Fiat 600 s'éloignait de la propriété du notaire, Laurette toujours au volant, Chavadou à côté d'elle.

Ils filaient chez un des survivants. Ils avaient choisi Vargaignas qui, habitant à l'ouest de Paris, était le plus près.

Le type prêt à donner le chiffre était-il un des deux rescapés?

— C'est notre ultime chance, dit le Cantalou. Si c'est un des deux, en me voyant il parlera.

Il vérifia le chargement de son Sauer & Sohn puis, en soupirant, le glissa dans sa poche. Il avait le visage défait, pas rasé; il n'en pouvait plus d'attendre. Il était temps d'obtenir le chiffre et de filer à Christoliane.

— Et si on ne l'a pas, ce chiffre? demanda Laurette qui fonçait sur l'autoroute de l'Ouest.

— On file quand même dans le Vaucluse. Là-bas, on agira avec les moyens du bord.

— Mais comment, Dieu? Demain à midi, là-bas, tout saute.

224

— Comment? Ça! je vois vraiment pas!...

Il imagina l'explosion, les tonnes de roches précipitées en l'air et retombant sur l'Oustau des Estello.

**
*

La Fiat s'engagea lentement dans le boulevard Pershing, longea le stand du Marseillais.

— Arrête-toi un peu plus loin, dit Chavadou, le col de son pardessus relevé, en observant la cour pleine de bagnoles retapées.

La Fiat stoppa dix mètres plus loin.

— Tu m'attends ici, dit Chavadou.

— Non, Dieu. Je vais avec toi.

— Reste là, je te dis.

— Non.

— Quelle grosse bique tu fais! Tu veux que je t'assomme?

Il sortit son pistolet :

— J'en ai pour deux minutes. Je ramène le Marseillais et on le questionnera plus loin.

Il regarda l'arrière de la voiture, plutôt étroit :

— Il tiendra tout juste derrière, mais il tiendra.

Elle insista encore pour l'accompagner, mais il lui expliqua que la voiture devait être prête à démarrer.

— Le Moco, il me suivra de gré ou de force. Tu fonceras aussitôt vers l'avenue des Ternes. Tu prends à gauche et tu bourres vers Neuilly, la Seine, le bois... Si Vargaignas est le « bavard », y aura pas de problème. Mais quelque chose — je sais pas quoi — me dit que c'est pas lui.

— Alors? Pourquoi le faire parler?

225

— Il sait peut-être des choses... Et puis, je veux au moins lui foutre les chocottes. Pour qu'il renonce une fois pour toutes à m'en vouloir... Je lui demanderai s'il tient à finir comme ses petits potes. Dans une minute, Laurette.

*
* *

Le Cantalou marchait vers le stand du Marseillais quand il s'immobilisa. Là, à sept ou huit mètres de lui, Vargaignas sortait de la cour aux voitures, encadré par deux flics en civil. Les policiers lui avaient mis les menottes. Chavadou n'attendit pas dix secondes. Les deux poulets et Vargaignas étaient déjà dans une 404 noire qui démarrait...

Chavadou était resté immobile, très pâle, les mâchoires serrées. Les flicards voulaient interroger Vargaignas, tiens! Et comme le gars de Marseille n'était pas tout ce qu'il y avait d'honnête-honnête, les cognes ne s'étaient pas embêtés : ils avaient passé sans chichis les bracelets au marchand de voitures d'occasion.

Chavadou fit demi-tour et marcha d'un pas rapide vers la Fiat.

— Essayons le Grec! On n'a pas le choix! dit-il à Laurette, après lui avoir raconté ce qu'il venait de voir.

— Il habite où le Grec?

— D'après ce que m'a dit Alex : dans la rue de Flandre. Vers le 15... On trouvera...

Il fit une grimace :

— Et si le Marseillais possède le chiffre, on est

226

beaux! Les flics vont le harceler! Il va tout déballer, c'est sûr. Fonce chez le Grec! C'est notre dernière chance.

— Peut-être qu'on va y trouver aussi les poulets?
— On verra bien, cocotte. Démarre! Démarre!

XVIII

10 heures 12.

Vendredi matin

10 heures 12.

Stankovic était effondré au milieu des paquets de paperasses crasseuses, dans les archives de la *Cochip*. Il avait essayé de passer par le vasistas, mais en voyant le vide impressionnant — neuf étages —, il avait renoncé à s'engager sur la corniche qui conduisait à la terrasse du building en se disant que ce genre de prouesse n'était vraiment plus de son âge.

Il lui restait deux types à tuer. A midi, sa mission non remplie, son chien serait exécuté. Il toussa un peu puis se leva brusquement. Des clés farfouillaient dans la serrure. On allait entrer. Il se cacha derrière un amoncellement de casiers et attendit, l'automatique au poing. Il vit entrer un petit vieux en blouse grise qui portait une pile de dossiers devant son visage et voyait à peine où il mettait les pieds. Il le laissa passer et fonça sur la porte entr'ouverte. Là, il s'arrêta pile. Immobile sur le seuil de la grande salle. Une soixantaine de dactylos levèrent la tête de leur machine et le fixèrent. Il allait être obligé de traverser la salle et il ne faisait aucun doute que les filles se demandaient ce qu'il fabriquait dans les archives. Il n'était pas de la maison! Quelques dactylos se levèrent et, au fond, le chef de service, un grand type blême à l'œil de veau, décoré des palmes académiques, le regardait, se soulevait de son fauteuil, prêt à marcher sur lui. Le mec allait sûrement lui demander ce qu'il foutait dans les archives, qui il était, etc. Stankovic n'était pas du tout d'humeur à répondre à des questions de ce genre. Il fonça, bouscula le cadre au passage, traversa la salle. Des dactylos se mirent à crier. En courant dans un couloir qui n'en finissait pas, le Croate vit des tas de portes avec des inscriptions : Service des achats. Vérification. Statistiques. Etc...

Les lourdes s'ouvraient. Des dactylos poursuivaient le tueur en gueulant. Des meutes d'employés modèles, encadrés par leur chef de service, se lançaient à la poursuite du vieux Yougoslave. Bientôt, le père Milos eut une bonne centaine de boulots au cul. Ça hurlait :

— Arrêtez-le! Arrêtez-le! Attention, monsieur le directeur... coincez-le! Salaud! Salaud!

Il fonçait dans l'escalier, poursuivi par les boulots vengeurs qui levaient le poing. Il eut envie de se retourner et de tirer dans le tas de bravaches. Mais il était pressé. Qu'est-ce qu'il avait pas fait! S'enfermer dans les archives de la *Cochip!* Quel crime! Un boulot entreprenant, un grand et gros type qui buvait bien ses trois litres de rouge par jour, davantage bâti pour être terrassier que pour rester toute une journée assis à un bureau, essaya de se jeter dans ses jambes. Le Croate réussit à s'en débarrasser en lui écrasant la main d'un coup de talon. La cohorte des boulots fonçait dans un autre couloir. Dans l'immeuble commercial, c'était presque la révolution. Finalement, Stankovic put semer la meute des honnêtes gens. Arrivé dehors, il s'arrêta, reprit son souffle, se retourna. Les boulots s'étaient immobilisés dans le hall du building, là où se trouvaient les pendules-pointeuses et les gardiens en uniforme; ils n'avaient pas osé franchir la porte de leur prison, étant donné que, pour sortir (avant l'heure c'est pas l'heure, après l'heure c'est plus l'heure), il fallait obligatoirement pointer. C'était le règlement. Sauvé par la pendule-pointeuse, Stankovic s'éloigna sur le boulevard des Italiens. Il s'engagea dans une rue qui débouchait sur le boulevard Haussmann. Là, il prit un taxi et se fit conduire rue de Flandre. Il téléphonerait au Ponot plut tard. Ce n'était pourtant pas l'envie d'avoir des nouvelles de son chien qui lui manquait.

Laurette attendait Chavadou dans la Fiat.

Le Cantalou se rendit au « bains-douches ». Il avança prudemment et remarqua que la maison Poulaga ne semblait pas hanter les parages. Il entra dans l'établissement. Une grosse mémère rousse se tenait à la caisse. Elle feuilletait un magazine consacré à la télé, à ses programmes; elle s'extasia — elle qui vivait sous les toits, dans une piaule sans flotte — sur la superbe maison de campagne d'un nommé Duchemolle, présentateur de jeux. Chavadou demanda une douche, paya.

— Pas de serviette-éponge, monsieur? Pas de savonnette?

— Non, merci.

Le gros tas parut surpris; elle se demanda comment le client allait s'essuyer. Avec le pan de sa chemise?

— Le patron n'est pas là? demanda le Cantalou, sans avoir l'air d'y toucher.

— L'est par là, dans les cabines...

La baigneuse, une petite bonne femme qui puait à quinze pas, se mit dans les jambes du Cantalou pour le guider vers la cabine; elle tendait déjà une main cracra pour recevoir son pourboire. Il l'écarta sans ménagement :

— Laissez...

Elle n'insista pas, fit une gueule longue comme le bras. Des odeurs de crasse et de sueur assaillirent Chavadou qui grimaça en pensant que l'endroit n'avait rien de très nickel. Il s'engagea dans un couloir bordé de chaque côté de cabines de douche; on entendait des bruits d'eau; des jets de vapeur montaient au plafond; il y avait une sorte de brouillard collant, chaud et humide; des types se lavaient en chantant d'une voix abominablement fausse, d'autres sifflaient, joyeux comme des pinsons ou des rossignols.

Le Grec était là, dans la dernière cabine dont la porte était ouverte. Il était en train de réparer une manette de douche. Chavadou entra résolument dans la cabine, en ferma la porte. Constantinidis se retourna brusquement. Il sursauta, reconnut immédiatement l'homme du Cantal, porta une main à sa poche pour y prendre son arme. Mais Chavadou fut plus rapide. Il menaçait déjà le Greco-Marseillais de son Sauer & Sohn :

— Sors ta pogne de ta fouille. Mais vide, hein. Et lentement. Fais pas le malin, Spyros.

Le Grec obtempéra; ses lèvres se crispèrent.

— Le chiffre du coffre, c'est pas toi qui l'a, des fois?

Dans la cabine voisine, un Nord-Africain chantait Les *Millionnaires du dimanche*.

— Le chiffre du coffre? fit le Grec. Pourquoi que je l'aurais?

Il avait l'air réellement surpris. Chavadou pensa qu'il n'était pas tombé sur le gars qui l'intéressait.

— Un des types de la bande à Sco connaissait le chiffre, expliqua-t-il posément.

— Ça alors, c'est la plus belle! non, mais ça va pas, non? Qu'est-ce que tu racontes, Dieudonné?

Je raconte ce que je sais.

— Quand on s'est réunis près de Chantilly, on en a parlé et...

— Bon. C'est pas toi, Je croyais, pourtant...

— Dis donc, salaud! Tu nous a bien eus, avec les talbins, hein! Livrer le tas aux flics pour ramollir les jurés! C'est du propre!

— Dis donc, gueule de raie, je trouve que tu l'ouvre beaucoup trop pour un type menacé par un flingue! les biffetons trouvés par les bourres, j'y suis pour rien. Et si je vous avais balancés, hein!

— Au blutinage, tu l'as bouclée, je le reconnais... Tu vas me descendre?

Le Cantalou haussa les épaules, fit la moue, baissa son arme :

— A quoi bon... On vient d'harponner le Marseillais.

— Non!

— Si. Et les autres sont morts. Pour moi, les Malurous n'existent plus. Tu peux rester en vie, ça ne me gêne pas. Les cinq, avec Sco, ça m'emmerdait un peu. Mais maintenant... Passe-moi ton arme.

Le Grec obéit, soulagé.

— Les flics vont peut-être te questionner, toi aussi. Les tués de cette nuit, c'est pas moi. De toute façon, hein, si les poulets me soupçonnent... pas de preuves!

— Et ton trésor? ricana le Grec. Tu vas le laisser dans la ferme?

— Pas question. Faut que je me tire loin. Et pour ça, il me faut le gros pacsif. Dis donc...

— Oui?

— Tu vois vraiment pas qui, parmi vous cinq, à part Sco, aurait pu jouer les petits traîtres...

Comme le Grec cherchait, il précisa :

— Si ça peut t'aider... Avant que je passe au grand carreau, un de vous aurait essayé de m'épauler, de jouer les hommes propres, et prié l'Espinguoin de me défarguer... Bicause le meurtre du convoyeur que le curieux voulait me foutre sur le râble...

— Comment tu sais ça? fit le Grec dont le regard brilla.

— C'est mes oignons. Alors?... C'était qui, ce saint-Bernard?

Constantinidis revit la scène, en 57 : l'Orphelin demandant à Bellafranca de faire un geste en faveur du Cantalou; l'Espagnol refusant et le menaçant de son flingue...

— Je vois vraiment pas, dit le Grec, hargneux, mentant comme un arracheur de dents.

Chavadou appuya le canon de son arme contre le plexus solaire de l'homme chauve.

— Allons! un effort de mémoire, Spyros! Je t'écoute!

Constantinidis grimaça puis envoya un jet de salive au sol :

— C'était l'Orphelin, tiens! Le petit faux-derche! Le seul de nous cinq à pas être un méditerranéen! De Béthune, qu'il était, ce fiotte! Il est venu à Marseille à l'âge de dix berges, mais c'était tout de même un mec du Nord. Du midi, il avait que l'accent. Rien d'autre! Alors, tu penses... On l'a jamais vraiment admis, d'ailleurs.

— Je savais pas que les Malurous étaient un peu racistes, ricana Chavadou.

Il sortit de la cabine, claqua la porte, marcha vivement vers la porte.

**
*

La Fiat démarra.

Laurette vit que Dieudonné avait l'air effondré. Ils roulaient vers la porte de la Villette.

— C'est foutu, dit-il. Le Grec n'est pas notre homme. Le Marseillais est entre les pattes des flics. Les autres sont calenchés. Adieu le chiffre.

— Qu'est-ce qu'on va faire, Dieu?

— Dieu, il est paumé. Vraiment paumé!

— Où va-t-on?

— Je ne sais plus... File toujours chez le Ponot, on verra bien.

Il lui parla de ce que lui avait dit le Grec au sujet d'Ambroise.

— L'Orphelin? j'y avais pensé dès le début, dit-elle.

— Maintenant, pour le faire parler... Un peu duraille non? Faudrait faire tourner une table...

— Et le tueur?

— Ça! Dans la nature, sûrement! On va pas s'emmerder avec lui, par-dessus le marché! Qu'il se débrouille!

*
**

Le taxi s'arrêta un peu avant le « bains-douches ». Stankovic demanda un ticket « douche » à la dondon rousse. Elle lui proposa une savonnette et des serviettes éponges. Le Croate accepta. Il se laissa guider par la petite bonne femme qui cocotait.

Au fond du couloir, le Grec était encore sous le coup de l'émotion. Assis sur un tabouret, il fumait une cigarette en se disant qu'il s'en était drôlement bien tiré.

La baigneuse proposa une cabine au Croate. Il lui glissa un pourboire et elle s'éloigna. Mais au lieu d'entrer au 17, Stankovic continua à avancer dans le couloir. Le Grec le vit s'amener avec son ticket à la main, ses serviettes sous le bras. Constantinidis soupira. Il se dit que la baigneuse devait encore être partie au bistrot siffler un blanc sec. Il se leva pour guider le client vers une cabine. Le couloir était vide. Le Grec fit entrer Stankovic au 23.

— Vous êtes bien M. Constantinidis?

— Lui-même, oui...

Mais le Croate avait parfaitement reconnu la silhouette et le visage du Grec tels qu'ils étaient décrits sur sa fiche et figuraient sur la photo de mariage. Il sortit son arme prête, silencieux fixé au canon. Il tua le patron du « bains-douches » d'une balle en pleine tête. Il tira le cadavre dans la cabine. Ferma la porte. A la caisse, la dondon et la petite bonne femme qui schlinguait bavardaient, ne se doutant de rien. Le tueur cala le corps de sa victime contre le mur humide. Puis il avisa la tuyauterie, la « pomme » du jet, et, tout à coup, épuisé par une nuit de fatigue, il éprouva le besoin de prendre une douche. C'était tellement peu pratique de se laver, dans sa piaule de Meulan, avec les bassines et tout le boxon! Il repoussa du pied le cadavre dans un coin, se déshabilla rapidement et se mit sous l'eau chaude. Dans le couloir, on cherchait le Grec. Mais sans affolement. Stankovic entendit une bonne femme dire que le patron devait être parti au troquet.

Quant il se sentit propre et détendu, le Croate se rhabilla, se donna un coup de peigne, vérifia son 9, et sortit de la cabine. Il monta à pied jusqu'au canal et entra dans un café de mariniers. Il alla dans la cabine téléphonique et appela le Ponot.

Sonnerie. Le Ponot sursauta. Regarda l'heure : 11 heures 32. C'était le Yougoslave.

— Je viens de tuer le Grec, dit Stankovic.

— Mais arrête donc, bon Dieu! hurla le Ponot. Arrête tout ça, espèce d'abruti!!! Ou je tue ton cador!

« Qu'est-ce qu'il raconte? se dit Stankovic. Il est dingue! »

— Pour allongèr le Marseillais, dit-il, j'ai besoin d'un petit délai. Laissez-moi deux heures de plus. Jusqu'à quatorze heures. Comment va le chien?

— Il ne faut plus tuer! brailla le Ponot, la figure congestionnée. T'as pas compris, espèce de brute? Faut arrêter le massacre!

— Et « tueur, grouille-toi! », ça veut dire quoi? Moi, mon pote, j'obéis qu'au Cantalou. Arrêter le massacre! Non, mais ça va pas, non? Faudrait tout de même savoir ce que vous voulez! Et si tu butes mon chien, tordu, gare à toi!

Il raccrocha.

Le Ponot resta au moins cinq minutes avant de raccrocher à son tour. Il était abasourdi. Non, mais qu'est-ce qu'il avait fait, le Cantalou, qu'est-ce qu'ils avaient fait, tous, à prendre le cador de ce vioc, à lâcher ce Croate armé dans Paris avec l'adresse de cinq gonzes à rectifier! De la démence!

Il se servit un coup de blanc, puis alla voir le chien.

La Fiat de Laurette venait de stopper devant chez lui.

*
* *

Le Ponot examina Chavadou sur toutes les coutures. Il avait souvent entendu parler du Cantalou. L'avait-il seulement vu un jour? Il ne s'en souvenait plus. Peut-être que oui. Mais alors, il y avait des années et des années. Ainsi, c'était pour ce type costaud, sévère, moustachu, qui avait plus l'air d'un agriculteur ou d'un éleveur que d'un truand qu'on avait organisé toute cette fiesta!

Muyrols venait d'apprendre la mort du Grec à Laurette et à Chavadou.

— Et tu ne lui as pas dit « halte »? demanda le Cantalou, exaspéré.

— Il ne veut rien savoir. Fallait pas le lancer, votre spécimen! Le Croate, il est maboul. Tout le monde le sait! Ah! il a eu une fine idée, le Charbonnier, en passant la commande à Stanko! De ce pas, il va s'occuper du Marseillais.

— Il ne le trouvera pas, dit Laurette. On l'a arrêté.

— Après tout, dit le Ponot, changeant de ton, le Serbico il fait son boulot, hein. Faut pas trop lui en vouloir. On lui a fait une grosse commande. Lui, hein, il sert le client. Faut pas trop lui chercher de poux dans la tête, au gars Stanko. Le contrordre, il ne veut le recevoir que du Cantalou. Du Cantalou et de personne d'autre. Moi, je vous fais la commission, hein.

Ils discutèrent autour d'un litre de blanc de blanc pour savoir ce qu'ils allaient faire au sujet du chiffre. L'Orphelin étant mort, il n'y avait plus grand-chose à entreprendre.

— On pourrait peut-être essayer de faire parler son entourage? suggéra Laurette. Il a pu dire quelque chose.

— L'entourage d'Ambroise?

— Oui.

— Quand le Croate lui a tiré dessus, à l'Ambroise, dit le Ponot, le mec a peut-être lâché le mot-clé? Qui sait? Ses dernières paroles... Hé! sachant qu'il allait y passer! Dame! c'est pas impossible.

— Ça se pourrait, dit Chavadou. Ouais. Avant de filer à Christoliane, faut absolument cuisiner le Croate.

***

A midi moins huit, Stankovic appela le Ponot depuis un café de l'avenue Malakoff. Il ne trouvait pas trace du Marseillais et suppliait qu'on veuille bien lui accorder un délai. Le Cantalou saisit l'appareil et donna au Croate l'ordre de s'amener sans tarder quai des Carrières.

XIX

Vendredi

— Quand je lui ai tiré dessus, il était en train de crayonner quelque chose sur le mur des gogues, dit le Croate.

Il était à table. Le Ponot venait de lui apporter quatre œufs sur le plat. Il avait son chien contre sa jambe et, puisant dans le paquet qui était devant lui, lui distribuait des sucres.

Le Cantalou, Laurette et le Ponot, debout, regardaient Stankovic manger.

— Il griffonnait quoi? demanda Chavadou, impatient.

Le Yougoslave haussa les épaules :

— Le mur était plein d'inscriptions porno. Je vois pas ce qu'il aurait pu écrire d'autre.

— Bah, plaisanta le Ponot, il aurait pu écrire...

— Le chiffre, tiens! dit le Cantalou, pris d'un espoir. Surtout en voyant qu'il allait y passer...

— Y a du vrai, là-dedans, fit Stankovic, en trempant un morceau de mie de pain dans son jaune d'œuf. Quand il m'a vu avec le pétard, il a continué son petit gribouillis...

— Le chiffre, répéta Chavadou. Pourquoi pas?

Ce fut rapide. On envoya le Ponot, le moins connu des services de police, à la *Brasserie de l'Aiglon*.

L'homme au béret entra dans les toilettes « dames » et se força à lire les inscriptions obscènes. Il tomba sur un mot tracé d'une main malhabile et qui n'avait rien à faire sur ce mur : *Marengo*. En lettres capitales, assez grosses. Pourquoi inscrire le nom d'une bataille de Napoléon sur un mur de WC, alors que les autres mots?... De plus, Marengo n'est pas un central téléphonique. Et pourquoi le mot était-il à peine dessiné? On voyait même un trait de crayon assez lâche qui allait en descendant, partant du O, comme glissant le long du mur... Le Ponot imagina facilement Ambroise en train d'écrire le mot-clé, touché alors qu'il traçait le O...

A 13 heures, le Ponot était de retour à Charenton, avec une grosse Pontiac louée en passant chez Bostano.

— On se contentera de Marengo, dit le Cantalou. On n'a pas le temps de fouiller plus loin...

Le directeur de la brigade criminelle faisait le point :

« Entre jeudi 23 heures et vendredi 11 heures du matin, Ambroise, Bellafranca, Hammagui, Constantinidis, un minet, une starlette sont assassinés. Balles de 9 mm. Crimes certainement commandés par le milieu. En forêt de Chantilly, on trouve un cadavre carbonisé. Là aussi, balle dans la tête. Projectile d'un tout autre calibre. Un rapport avec les tués de cette nuit et de ce matin? Il faudra attendre l'identification. Mais l'Espagnol avait une maison en forêt de Chantilly... Coïncidence? Quant au Cantalou, il reste introuvable. La maîtresse d'Assauzac dit le Charbonnier, tué en voiture, reste également introuvable. Vargaignas, arrêté dans la matinée, est interrogé sans relâche. Il prétend ne rien savoir, sinon que Chavadou participa seul, ou avec des complices inconnus du Marseillais, au braquage de Nice, en 57, affaire incomplètement éclaircie et pour laquelle l'homme de Saint-Flour semble avoir été le seul à payer. Mais par des renseignements, des informations, des rapports précis d'indicateurs, on sait fort bien que Dieudonné le Cantalou en voulait particulièrement à Bellatranca et à ses amis de Marseille... Règlement de comptes? A-t-on eu tort d'accorder une remise de peine à l'Auvergnat? »

Les policiers tenaient absolument à retrouver le Cantalou, à lui poser des questions. Pourquoi avait-il disparu de la circulation? A première vue, le mort carbonisé de Chantilly ne pouvait être Chavadou.

*
**

A 13 heures 10, la grosse Pontiac s'engagea à toute allure sur l'autoroute du Sud. Le Ponot au volant, le Cantalou à sa droite, Laurette, Stankovic et son chien derrière.

Le vieux n'arrêtait pas de tousser. Pendant cette nuit folle, il avait attrapé la crève dans les rues.

Ils durent s'arrêter devant une pharmacie d'Avallon pour acheter des cachets. Un peu plus loin, le Croate fut pris de frissons; ça les obligea à faire une halte-grog tous les trente kilomètres.

Le Cantalou comptait bien arriver vers les 20 heures à Christoliane. Ils auraient jusqu'à minuit pour s'introduire dans la ferme, et si la chance était avec eux, si « Marengo » était bien le mot de passe... Chavadou avait tout calculé. Dans le coffre de la Pontiac, il y avait quatre grosses valises qui contiendraient les barres d'or. Le fourgue — prévenu par téléphone depuis Charenton, il avait pu être touché chez lui, à Genève — les attendrait à Marseille où la transaction aurait lieu. Le Cantalou savait, d'après la courte conversation téléphonique, qu'il ne pourrait fourguer à plus de neuf cents millions. Le lot de barres devait faire environ un milliard quatre. Un demi-milliard de perte. Mais ils étaient pressés. Et neuf cents millions, ça représente tout de même une jolie fortune. Vingt-cinq briques au Yougoslave. Vingt-cinq au Ponot. Le reste à partager entre Chavadou et Laurette. A partager? Pas tout à fait. Pour eux deux, plus précisément. Un joli cadeau de mariage. Et si « Marengo » n'était pas le mot-clé? Chavadou préférait de pas penser à cette éventualité. Il aurait le gros paquet. Avec Laurette. Ils profiteraient d'un cargo en partance pour l'Espagne. Chavadou savait où s'adresser. Il n'avait pas traîné ses guêtres à Marseille pour rien. A Barcelone ou à Madrid, ils prendraient un avion pour l'Amérique du Sud, ou passeraient par le Maroc. Ils aviseraient sur place. Le Ponot, lui, retournerait dans le Cantal. A ses risques et périls. Mais chacun était libre. Quant au Croate, qui les avait suppliés de l'emmener avec son chien, probablement resterait-il sur la Côte d'Azur...

A 22 heures, ils s'arrêtèrent dans un bistrot de La Voulte pour casser la croûte et se réchauffer avec des boissons chaudes. Ils mangèrent en vitesse; mais Chavadou ne toucha pratiquement à rien et les fit se presser. Seul le Ponot mangea de bon appétit. Un bulletin d'information diffusé par la radio leur apprit que la police recherchait le Cantalou à la suite des règlements de comptes de la nuit et de la matinée. La maîtresse du Charbonnier (On ne divulguait pas son nom.) était également recherchée. Pour Chavadou, il n'y avait pas de quoi paniquer : ce n'était pas encore le plan Rex.

La dernière bouchée avalée, ils repartirent en vitesse. Ils arrivèrent à Christoliane à minuit vingt. Les barrages militaires interdisant l'accès du terrain à faire sauter étaient installés depuis un quart d'heure. On ne passait plus.

XX

Samedi

Ils burent encore des boissons chaudes dans le café-hôtel de Christoliane resté ouvert très tard, en raison des travaux. Ici, les informations concernant le Cantalou n'avaient attiré l'attention de personne.

Assis à une table, dans un coin de la salle, Chavadou, Laurette, le Ponot et le Croate regardèrent des sapeurs, quelques gendarmes et des types chargés du dynamitage qui aurait lieu à midi. En tendant l'oreille, les quatre complices se rendirent compte que tous les passages menant à la ferme, au plateau, à la barre des Barrats étaient fermés. Pour accéder à L'Oustau, il faudrait un miracle.

Locomotive Brown descendit dans la salle et repéra immédiatement le Cantalou. En voyant la petite tante le dévisager, Chavadou comprit qu'il se trouvait en présence de l'homme de main de Bellafranca.

Chavadou sortit du café et se laissa suivre par l'ex-yéyé. Il l'attendit à la sortie du bled, là où était garée la Pontiac. Il lui colla le canon de son Sauer & Sohn dans le dos et l'obligea à monter dans la voiture.

Après deux minutes de gifles, Dufion accepta d'aider le Cantalou et, pour se faire bien voir, se mit à traîner Sco dans la boue.

Il faudrait attendre la matinée. Locomotive Brown était certain que, grâce à l'aide de son ami le gendarme aux beaux cheveux, le Cantalou et ses compagnons pourraient passer.

Le Ponot, Laurette, le Croate et son chien rejoignirent Chavadou dans la Pontiac. Le Cantalou tint à garder Brown avec eux. Ils passèrent le reste de la nuit à l'intérieur de la voiture qu'ils avaient garée dans un sentier de montagne, le long d'un mur de roches. Ils étaient à dix mètres du barrage, à dix mètres du chemin muletier qui menait à la ferme.

Dans la nuit, sous la lumière des fanaux et des projecteurs, les équipes de dynamiteurs posèrent les puissantes charges qui, dans quelques heures, allaient soulever la montagne.

*
**

Ils durent attendre le milieu de la matinée pour passer.

Le Cantalou consulta sa montre : 10 heures 15.

Ils avaient une heure trois quarts devant eux — largement le temps; ils avaient gagné.

Brown avait convaincu son copain le gendarme : des amis à lui, parents des anciens locataires de la ferme, voulaient revoir une dernière fois la bâtisse où ils avaient passé tant de vacances heureuses durant leur enfance, et emporter, en souvenir, quelques vieilles pierres dans les valises qu'ils avaient amenées avec eux. Le yé-yé prit son pote Baboulet

246

par les sentiments. Il s'y prit si bien que ça marcha comme sur des roulettes. Le brigadier pria Chavadou et ses compagnons de ne pas s'éterniser dans la ferme; il fermerait les yeux; surtout, que ses collègues n'en sachent rien!

Le gars de la maréchaussée s'éloigna.

Un coup de crosse sur le crâne de Brown et il s'écroula dans les bras du Ponot. On ficela l'ex-yéyé, on le bâillonna et on l'allongea sur le plancher de la voiture, sous une couverture.

Le gendarme revint et s'étonna de ne pas voir son petit ami; on lui raconta que le blondinet était allé cueillir des fleurs sur l'autre versant de la montagne. Baboulet s'en alla rassuré. Usant de son autorité toute nuancée de charme, il fit déplacer quelques hommes en leur demandant d'aller voir à l'autre bout du sentier s'il y était. Le chemin libre, Chavadou et ses acolytes se mirent à descendre vers l'Oustau, les valoches en mains. Tout en marchant, ils regardèrent, au-dessus d'eux, la muraille géante, menaçante; au loin : des points sombres se déplaçaient imperceptiblement. (Les spécialistes du Génie qui posaient de nouvelles charges de nitroglycérine.)

Sur le point d'entrer dans la ferme, les « visiteurs » entendirent des gueulements en provenance de l'intérieur de la bâtisse. Ils s'immobilisèrent, intrigués, posèrent leurs valises.

— Bande de brêles! Attendre la dernière minute pour évacuer ces barres d'or! M'f'rez quatre pins!

— Le camion n'est pas venu, m'n'adjudant...

— Brochette de bleus-bites! Attendez un peu mon rapport!

Quatre bidasses ahuris apparurent; ils tenaient chacun le coin d'une toile de camouflage: les barres d'or étaient dedans. Un grand adjudant hirsute, à la trogne congestionnée, les suivait en gueulant :

— Deux jours qu'on a démoli ce bordel de coffre-fort! Et les barres d'or sont encore là, alors que tout va sauter! Pour la perme de minuit, v'z'irez voir le pitaine, fumiers!

Les bidasses posèrent la toile. Chavadou et ses complices étaient blêmes. L'adjudant se tourna vers eux et se composa un visage avenant, réservé aux civils :

— Ces messieurs dames?... C'est pour?...

Chavadou voulut dire quelque chose mais ses paroles restèrent bloquées au fond de sa gorge.

Le brigadier Baboulet apparut. L'adjudant le considéra avec sympathie. Ce petit bout de gendarme lui plaisait bigrement.

— Une petite faveur, mon adjudant..., minauda Baboulet. Ces messieurs dames veulent visiter la ferme en vitesse... Ils y sont venus, enfants... Ils désirent emporter quelques pierres... en souvenir... Vous fermez les yeux?

L'adjudant sourit et adressa un regard appuyé et équivoque au bédi :

— Bien sûr, mon vieux Baboulet..

Il s'effaça pour laisser les autres entrer dans l'Oustau :

— Donnez-vous la peine d'entrer, messieurs dames.. Mais, vous savez, il n'y a plus grand-chose à voir... Et dépêchez-vous...

Chavadou et ses complices ne bougèrent pas. Le Cantalou était tellement dans le cirage — comme si la barre des Berrats venait de lui dégringoler sur le crâne — qu'il n'entendit pas le sous-off lui parler d'un camion de l'armée qui n'arrivait pas, de l'urgence d'emmener ces barres d'or trouvées dans un coffre muré dans la cave où l'on avait entreposé momentanément des explosifs... Il n'entendit pas davantage le brigadier Baboulet proposer — pour transporter le métal précieux au patelin — (si ça ne dérangeait pas ces messieurs dames, bien sûr) d'emprunter la Pontiac garée dans le sentier...

— Juste pour un petit quart d'heure, ajouta-t-il. On vous la ramène... Pendant ce temps-là, vous choisissez vos pierres et vous visitez la ferme tranquillement...

FIN

DU MÊME AUTEUR

Aux Éditions Gallimard

Impression Bussière à Saint-Amand (Cher),
le 23 mars 1986.
Dépôt légal : mars 1986.
1ᵉʳ dépôt légal dans la collection : août 1969.
Numéro d'imprimeur : 790.
ISBN 2-07-048292-8./Imprimé en France.

24. obsession